A Izarraitz Villaluce y Joxemari Mitxelena
que encontraron a Maddi
y, junto a ella, me conmovieron la vida

Preludio

Sachsenhausen, 13 de noviembre de 1944

Intentas entenderme, completar mi biografía, imaginar este final. Rellenar todos los vacíos, esclarecer las incógnitas que te suscita mi vida y que hoy por fin acabará. Te han regalado las palabras registradas en los archivos de mi paso por esta vida y esta muerte: partida de nacimiento, matrimonios, divorcio, deportación, Dachau, Ravensbrück, Sachsenhausen, condecoraciones, reconocimientos, pesquisas archivadas que hará ese hijo que no es mío. Palabras que me resumen pero que no te cuentan todo lo que he amado y sufrido, lo que he deseado y odiado, el bien y el mal que he hecho, todo lo que me han querido y admirado, temido y despreciado. No escucharás mi voz y apenas entenderás mi rostro porque no me has visto sonreír ni llorar. Solo tienes una fotografía con mi querida Marie Jeanne y ese perro al que darás un nombre inventado. ¿Cómo vas a contar mi historia? ¿Cuánto vas a fantasear para darle un sentido? ¿Vas a entender mis motivos? ¿Vas a convertirme en heroína? ¿En víctima? De ti depende cómo me recuerden quienes te lean. Serás responsable de la memoria que quede de mí en aquellos que abran estas páginas. No inventes demasiado. No imagines demasiado.

Demasiado nunca será suficiente.

I

Todo lo que poseo está dentro de esta pequeña maleta que tan poco pesa. Si no fuera así, no podría ir a la velocidad que voy, las cuerdas que atan la maleta a la parrilla no serían lo suficientemente fuertes, la parrilla misma no aguantaría su volumen, mis piernas no podrían pedalear a esta velocidad. Ligera. Por fin libre. Con todo el futuro por delante. Digan lo que digan. Que si a mi edad ya no, que si mi vida por la borda, que si cómo se me ocurre. ¡Ja! Que hablen lo que quieran. Siempre he sabido que mi destino era otro, no me quise quedar en el caserío miserable de padre y madre malviviendo y sí, entiendo que era demasiado joven cuando me fui y que no tomé las mejores decisiones durante años, pero esta última, esta sí que es buena. ¿Qué derecho tiene nadie a atar mi vida a la de un hombre, a sus deseos y caprichos? ¿Y qué derecho tiene un hombre a tomar mi cuerpo a su antojo, decidir sobre mi vida, decirme lo que puedo hacer y lo que no? ¿Quién ha resuelto que eso sea así? Si viviera al otro lado de la muga, todavía, que allí los curas mandan mucho más que aquí, en la escuela, en las casas y en todos sitios y por mucho que las mujeres quieran lo contrario, están amarradas a la cocina, al marido y a los hijos. Padre y madre se criaron allí al fin y al cabo, pero yo no. Y a mí en la escuela me enseñaron eso de libertad, igualdad y fraternidad y yo, que era una niña aplicada, tanto que la maestra insistió a padre que no me sacara de la escuela, que yo servía para estudiar, pero él, erre que erre, que ya tenía edad de trabajar, si no me hubiera sacado de la escuela a saber dónde estaría yo ahora, no me hubiera ido de casa ni casado con Nico ni... tan aplicada era que me creí lo de que todos somos iguales. ¡Y libres! Si tengo la oportunidad de serlo, de usar la ley para ser libre ¿sería tan tonta como para negarme a mí misma esa oportunidad? ¿Por qué iba a aceptar un futuro en el que no veía más que tristeza y miseria? No quiero pasar mi vida en una taberna, sin ver más perspectiva que la de servir, dentro y fuera de la barra. Encima rindiendo cuentas al otro, que lo que él traía de la carpintería y de la mar bien se lo quedaba. Soportando todo lo demás, las humillaciones y... en eso no, en eso no voy a pensar. Si no me hubiera rebelado, no estaría ahora pedaleando por esta carretera, a toda velocidad, feliz hacia mi nuevo destino. Mi vida por la borda, dicen, serán idiotas. Esos no saben lo que es vida. Ni esas que, como no se atreven a nada, se pasan la vida criticando a las que sí nos atrevemos. Tampoco es que a Nico le haya importado demasiado. Le fastidia quedarse sin criada y sin cama caliente, pero pronto encontrará a otra. El mundo está lleno de tontas dispuestas a servir y a parir hijos como conejas.

Ya llego a la barbería. Antes de la hora. A ver si Louis está preparado o, como siempre, le tengo que esperar. Apoyo aquí mismo la bicicleta. Ahí está, cortándole los cuatro pelos al alcalde. Mejor me quedo aquí. Me quito el jersey, así se me seca el sudor. Sale con la tijera en la mano y el trapo al hombro y con una sonrisa de oreja a oreja.

–¡Maddi, querida! Pero qué pronto has llegado, cómo pedaleas, un día te vas a dar un trastazo. ¿Solo traes esa maleta? ¿Dónde has dejado tus vestidos de gala y tus pieles?

–Muy gracioso. Estoy empapada, aparta, no te me acerques. ¿Te queda mucho con ese?

–Acabo enseguida y *ese* se viene con nosotros al hotel, que dice que le apetece ver cómo han quedado los últimos retoques. Ayer pusimos las lámparas.

–¡Entonces podemos abrir ya!

–Solo faltabas tú. Y tu maletita.

Hago el gesto de cogerla.

–Déjala ahí, que nadie te la va a robar. Pasa y descansa, y no seas impaciente, que enseguida nos vamos.

Entro en la barbería. Me miro en el espejo y veo mi cara todavía colorada por el esfuerzo, el pelo encrespado y un par de mechones pegados a las sienes, la camisa de algodón con marcas de sudor. Estoy hecha unos zorros. Cojo un frasco con agua de colonia y me echo unas gotas en el escote con disimulo. Me atuso un poco el cabello. Louis me ha visto, me sonríe en el espejo. El alcalde tiene los ojos cerrados. Apenas me ha saludado con un gesto de cabeza al entrar. Sé que no me aprecia y que, si voy a regentar el hotel, es gracias a la insistencia de Louis. Este tipo piensa que una mujer como yo no es de fiar. Estoy convencida de que se imagina que mi bicicleta es el palo de una escoba. Lo que no sabe este sinsustancia es que él tampoco me gusta lo más mínimo y que he escuchado lo que dicen de él por ahí. Si la mitad de lo que oía mientras trabajaba en la taberna es cierto, está él como para hacer muchos trajes a nadie. Aunque quién soy yo para juzgar por rumores y maledicencias, con el daño que las habladurías me han hecho a mí. Y lo mismo que he oído de él, lo decían del alcalde anterior, a cuenta de la construcción del trenecito y de las tierras que han quitado a los caseríos de alrededor, que si el trenecito ese para qué, decían, que las obras destrozaban el monte, que si no iba a conseguir subir a ningún sitio, pero al final, mira, llega hasta el mismísimo pico, y ahí va, cargado de gentes que quieren pararse a contemplar las vistas, cosa que a algunos también molesta, hablaban de las tierras que ha perdido este y el otro y de cómo un barbero que no sabe nada de nada se queda con el hotel para su explotación porque tiene tratos oscuros con este alcalde. Yo escuchaba todas esas conversaciones en silencio y me las guardaba. Hasta el día que me marché. Qué caras pusieron. Mientras me quitaba el delantal al final de la jornada, porque, eso sí, a mí nadie me va a reprochar que deje el trabajo a medias, anuncié a todos los presentes que me despedía, que ese barbero del que tanto hablaban me había contratado para regentar el hotel porque, efectivamente, él no tiene ni idea de cómo hacerlo, pero yo sí. Y les invité a la inauguración y les dije que habrá baile y vino para todos. Porque lo va a haber. Y aquí estoy, a punto de subir al hotel con mi maletita. Para quedarme. Mi hotel. A ver si acaba Louis de peinar los cuatro pelos de este tontolaba. Qué reverencias le hace. A mí los acuerdos que tenga con él me traen sin cuidado. Por fin se acabó la necesidad, el trabajo de venta en venta, de taberna en taberna, sirviendo en casas, deslomándome y aguantando las miradas despectivas, las preguntas indiscretas. Ahora sí comienza una nueva vida. Ya no hay quien mande sobre mí. Tampoco Louis.

Louis trabaja en silencio y el alcalde se deja hacer. Observo sus manos suaves, la delicadeza de sus gestos. Miro las mías. Grandes. Callosas. Rudas. Mis dedos son como morcillas, los suyos como bichos palo que se mueven inquietos. Retoca el bigotito del alcalde, que se mira al espejo como si fuera guapo, le quita el batín y le pasa suavemente un cepillo por los hombros y la pechera del traje azul marino. Guapo no es, pero elegante sí. Nunca le he visto con blusón o con alpargatas. Con la misma delicadeza, se quita la bata, la sacude, la cuelga, y haciendo un ademán elegante nos dice que salgamos de la barbería. Pone el cartel de cerrado, desato las cuerdas de la parrilla de la bici y cojo mi maleta, juntos nos dirigimos al coche del alcalde. Louis echa la bicicleta a la parte de atrás. La rueda sobresale. El alcalde refunfuña y forcejea con ella. Me meto en el coche sin pretender ayudarle. Subimos por la nueva carretera que lleva al collado. Qué pesado es este hombre, tenía que haberme venido en la bici. Venga a hablar de todo el trabajo que está creando, de la riqueza que trae a la zona. Louis asiente como si fuera la primera vez que le escucha cantar sus propias alabanzas, de vez en cuando se da la vuelta y me sonríe. Le preocupa que suelte una de las mías, pero puede estar tranquilo. Sé morderme la lengua. En cuanto frena enfrente del hotel, bajo del coche y un, dos, tres, cuatro zancadas y ya estoy al pie de las escaleras y, zas, de dos saltos, me planto en el porche. Abro la puerta de par en par y aspiro el olor a recién pintado. No ha cambiado mucho desde el último día que estuve, salvo que ya están todas las mesas del comedor dispuestas, las lámparas instaladas, enciendo, apago, enciendo, apago con la llavecita del interruptor, no me puedo creer que tengamos luz, y ¡maravilla!, ya está colocado el espejo detrás de la barra del bar. Me detengo unos instantes y apenas me reconozco en esa mujer sonriente, casi joven. Subo las escaleras y abro y cierro la puerta de cada una de las seis habitaciones –todo en orden– tres a cada lado del pasillo. Y los dos baños, uno a cada extremo, absolutamente blancos, con las pequeñas teselas cubriendo el suelo y las paredes, y las porcelanas del lavabo y el bidet y la bañera, todo resplandeciente y elegante. Eso sí, tengo que darle una buena pasada al polvo. Entro de nuevo en una de las habitaciones. Me asomo a la ventana. Desde aquí veo la estación del tren, pintada en rojo y blanco y con el año de su fundación: 1924. Cinco años y después de un montón de trabas, aquí estamos, dispuestos a recibir a todos los turistas que vendrán este verano. Porque vendrán. Y si no, iremos a buscarlos. Y si no, le rogaré a san Ignacio, que para eso tengo su capilla justo enfrente.

–Te acabarás haciendo devota del santo.

¿Cómo es posible que este hombre me lea el pensamiento?

–Qué susto me has dado, Louis.

–He dejado la maleta en tu habitación. ¿De verdad que no te vas a traer nada más?

–No tengo más que un traje de diario y otro para ir a misa. Y mudas no te digo cuántas, que eso no es asunto tuyo.

–Pues tendrás que encargarte algún traje y un buen abrigo para cuando llegue el invierno. Y zapatos, nada de alpargatas, que vas a estar cara a un público respetable.

–Ya sabes que prefiero la trastienda. A ti se te da mejor la gente. Y no voy a trabajar en zapatos.

–La gente te va a ver tanto o más que a mí: en el bar, en las comidas, cuando recibas a los huéspedes... durante el día yo voy a seguir con la barbería, aunque suba aquí en cuanto cierre.

–Tienes cincuenta años, Louis. No creas que vas a poder con todo por mucho tiempo.

–Gracias por recordarme lo viejo que soy. ¿Vienes?

Bajamos al comedor, pasamos por detrás de la barra a la cocina, que está llena de cajas de madera con toda la vajilla que encargamos en San Juan de Luz. Estoy deseando desembalarla, pero primero voy a mi habitación. Está muy bien pensado el edificio, con esta parte reservada al servicio en el piso encima de la cocina. O sea, reservada a mí. Por lo menos de momento, hasta que arranquemos y veamos si necesito ayuda. Louis dice que sí porque se espera mucha afluencia, yo no lo tengo tan claro. Siempre tan optimista Louis. De momento solo hemos preparado una habitación, la mía, que da a la cuadra donde estamos montando el gallinero. Y el baño, que es tan bonito como el de los huéspedes. Ahí Louis ha sido generoso y me parece bien. Todo lo que he trabajado para conseguir que hasta el último detalle esté perfecto no tiene precio y Louis lo sabe. Cojo la maleta. La abro encima de la cama y cuelgo en el armario el traje de los domingos y las dos blusas. Tiene razón, voy a tener que renovar el vestuario y llenar un poco este armario. Qué poco acostumbrada estoy a que alguien sea generoso conmigo. O que lo sea sin esperar nada extraordinario a cambio. Louis espera que trabaje bien. Nada más. Qué bonita es esta cómoda, sus cajones con tiradores de porcelana. Aquí meteré las mudas. Y el dinero y mis papeles y el documento. Lo despliego, creo que nunca me cansaré de leerlo. Qué diferencia, lo que pone en un papel y lo que pasa en la vida.

Silencio y paz aquí arriba. Voy a tener que conseguir un perro para las noches solitarias. El caserío más cercano, ahí abajo, a medio kilómetro. Si me pasara algo dudo que vinieran a ayudarme.

***

Al contrario que mucha gente, rezo más cuando estoy satisfecha; cuando me siento contenta me dan más ganas de comunicarme con Dios. También es cierto que en los malos momentos acudo a él y le rezo con fervor, pero en días como hoy rezo con alegría porque, por mucho que la Iglesia me rechace, sé que Dios está conmigo y que aprueba lo que hago. Si no, no me sentiría en paz, me dolería la conciencia. Estoy cansada porque no he parado desde las seis de la mañana, pero he disfrutado cada hora de trabajo. Abriremos la semana que viene, por lo menos el bar y el restaurante, y luego esperaremos a que vengan huéspedes. Quiero que esté todo a punto, ya no queda tanto por hacer. El gallinero está acabado y mañana Fidel nos traerá las gallinas. Y el cachorro de pastor. Es buena persona Fidel, incapaz de meter en un saco a un perrillo y tirarlo al río, aunque le quite pan y no encuentre dónde colocarlo. La providencia. Yo necesitaba un perro, pues ya lo tengo. Pintxo, le llama Fidel. Seguro que es precioso y listo como el hambre. Me hará mucha compañía y me dará seguridad para estas noches silenciosas. Me gusta Fidel y me ha alegrado saber que también es de Oiartzun. Es una tontería, al fin y al cabo yo me fui de allí cuando no sabía todavía ni hablar, pero algo de querencia queda. Me pregunto por qué se vino a este lado cuando todavía estábamos en guerra. Lo normal era lo contrario, que los desertores pasaran y se quedaran trabajando en los caseríos de allá. Oiartzun está lleno de ellos, se casaron, tuvieron familia, consiguieron salir adelante. Ya contará un día su historia. Se ve que confía en mí, si no, no me hubiera insinuado que en el caserío le dejan cosas y luego él las distribuye por aquí. Si fuera aceite o vino o tabaco nos vendría muy bien. Habrá que ir viendo.

Lo que más he disfrutado hoy ha sido ordenar la vajilla y preparar la cubertería: desembalar los platos, las tazas, los vasos, las copitas de coñac y las copas buenas de champán que reservaremos para las visitas especiales, darle una buena jabonada a todo, secarlo bien para que no queden marcas de agua y ordenarlo en los armarios. ¡Qué brillo tiene todo! Y las jarras y las bacinillas para las cómodas de cada habitación, qué porcelana tan bonita, la verdad es que tenemos un gusto exquisito Louis y yo.

Me puede el sueño, esto no ha sido una oración, Señor, pero espero que te sirva, y que no te quepa duda de que soy honrada y trabajadora y que en esta nueva vida esto es a lo que me voy a dedicar.

* * *

No doy abasto en la barra, menos mal que con el baile hemos quitado las mesas y no tengo que salir a servir. Tenía que haber hecho caso a Louis y contratado a alguna chica, aunque fuera solo para hoy. Él hace lo que tiene que hacer, saludar a la gente, enseñar el hotel, mostrar las habitaciones, los baños, contar los menús que vamos a dar, sobre todo a los señores importantes de la compañía ferroviaria, que esos sí que serán clientes fijos, por lo menos del restaurante. Mejor que Louis no se acerque a la barra porque solo me estorbaría. A ver si toda esta gente sigue bebiendo cuando tengan que pagarse el vino. Ya se han bebido las botellas que habíamos reservado para la fiesta. No está mal esto del baile, así viene la gente joven también, y las mujeres, y no se llena el bar solo con borrachos o jugadores de cartas, que se pasan las horas con un carajillo y llenan el sitio de humo. Y este hombre es un primor, cómo toca el acordeón y cómo canta y marca el ritmo, se me van los pies con él. Ahí vuelve Louis. Le enseño una botella vacía, me hace un gesto con las manos que interpreto como no más, se acabó, y se viene para la barra.

–Descansa un rato, querida.

–¿Y dejarte a ti al timón?

–Mejor que sea yo quien empiece a cobrar.

Hablamos a gritos, por encima del acordeón, las risas y las voces. Asiento y le digo que salgo un rato fuera. Necesito un poco de aire fresco y silencio. Abro la puerta y enfrente de mí, cuatro personas que parecen estatuas colocadas de menor a mayor: una niña de unos seis años, otro niño como de ocho, otra de doce o trece y un hombre enjuto y mal encarado. Me quedo en la puerta y les hago un gesto de bienvenida:

–¿No quieren pasar? No hace falta que tomen nada, pueden entrar a escuchar la música. Igual a los niños les apetece bailar.

–Entérese, señora, o lo que sea: a mí nadie me invita a mi propia casa.

No sé qué contestar ante este tono tan rudo.

–Disculpe, yo...

–Bajo esta aberración está la tierra que me han robado, la tierra de mi familia.

De la sorpresa inicial paso rápidamente al enfado. Este debe de ser el del caserío de ahí abajo.

–Oiga, yo no tengo nada que ver. Estoy aquí ganándome la vida como cualquiera.

–Como una cualquiera, querrá decir.

Me tiemblan las manos de rabia. Me acerco tanto a él que mi nariz roza su frente, le saco casi una cabeza. Apenas me sale la voz.

–Si lo repite, le cruzo la cara delante de sus hijos.

Se me queda mirando fijamente. Veo la sorpresa y la duda en sus ojos que se achinan. La hija mayor se acerca y le coge del brazo.

–Vámonos, padre, vámonos.

Sin dejar de mirarme, el padre retrocede y, después de unos pasos, se da la vuelta y se aleja con la mayor agarrándole todavía del brazo. Los dos pequeños les siguen de cerca, el chico se para, se da la vuelta y mirándome con los ojos de su padre enuncia claramente pu-ta-bru-ja-pu-ta-bru-ja. Su hermana lo llama y el niño echa a correr. Vuelvo a entrar. Me tiemblan las piernas y siento el estómago encogido. Louis me sonríe desde la barra, ahora casi desierta. El músico ha parado de tocar y se toma un vino con el alcalde. Algunas mujeres hablan en corrillos, algunos hombres también, otros han recuperado un par de mesas apartadas para el baile y han sacado las cartas. Siento un cansancio muy grande y desánimo, pero no le voy a decir nada a Louis. No voy a dejar que nadie me amargue el día.

* * *

–La hija pequeña, Aurora nació aquí, después de la guerra, en el 21.

–Ah, pues mira, mi ahijada Marie Jeanne es de la misma edad.

–Es la pequeña pero viene fina.

–Pues también como mi ahijada. Parece buena, pero es un trasto que no veas.

–Tienen otra alegría, chica, se nota que han nacido en tiempo de paz. Las otras hijas son majas, pero tienen un carácter mucho más serio, más seco.

–Tú me dirás, pobres, si nada más salir al mundo se encuentran con hambre, tristeza, muerte... pues normal.

Fidel asiente, acaricia a Pintxo.

–¿Qué te parece el perrillo? Ha crecido un montón.

–Es un salao y mimoso como él solo.

–Pero ¿te guarda o no te guarda?

–Bueno, va aprendiendo.

–Tendrías que ver a la madre con las ovejas. Es una maravilla. Perra más lista no la hay.

–Este ha heredado el instinto. El otro día nos dimos un paseo hasta la cumbre y andaban por ahí unas ovejas y este se pone a hacer círculos como loco alrededor de ellas y a ordenarlas. ¡Las recogió a todas!

–Fíjate, qué cosa estos perros. ¡Si te lo traje recién destetado! No ha visto hacerlo en la vida.

–Pastor es, desde luego. Guardián, ya te lo diré. Pero, en cualquier caso, me gusta mucho. Gracias por el regalo de bienvenida, Fidel. Eres de los pocos que ha demostrado algo de buena fe con nosotros.

–Bah, ya sabes cómo somos los caseros. Al principio desconfiamos. Antoine y Ramona son gente buena. Llévales un día una tarta de manzana de esas tan ricas que haces y ya verás cómo te los ganas.

–Lo haré.

No tiene prisa hoy Fidel. Yo tampoco. Los lunes son días lentos y se está bien aquí a la sombra, con la brisa cálida de media tarde.

–Entonces, ¿te parece bien el café?

–Está riquísimo y a muy buen precio. El aceite también.

–Pues me vas diciendo lo que necesitas. Te empezarán a preguntar los clientes a ver si les vendes.

–¿Tú crees?

–Estoy seguro.

–Pues ya te avisaré.

–Me das unos días para organizarme, eso sí.

–No lo harás tú solo, claro.

–Claro.

–Oye, Fidel, ¿te puedo preguntar una cosa?

–Tú pregunta y luego veo si contesto.

–¿Cómo es que cruzaste a Sara en medio de la guerra?

–Eres curiosa, ¿eh?

–Me gusta saber con quién trabajo. Pero si no me lo quieres contar ahora, ya me lo contarás cuando te fíes más de mí.

Fidel se ríe. Tiene una risa sonora y limpia, al reír se le achinan los ojos, se le forman unas arrugas muy bonitas. Es buen mozo, Fidel, aunque ya tenga su edad.

–Tuve que salir de allí corriendo, eso te lo imaginas.

–Pues sí. A ver quién se venía aquí por gusto durante esos años.

–En este oficio mío eso puede pasar en cualquier momento.

–Imagino.

–Mi cuadrilla pasaba mulas para el ejército francés y durante mucho tiempo los carabineros hacían la vista gorda, había un acuerdo, ¿sabes?, para dejarnos cruzar sin problemas. Pero como a mitad de guerra cambiaron las cosas, no me preguntes por qué, y dieron la orden contraria a los carabineros. Una noche nos pillaron. Se montó un guirigay de aúpa pero yo pude escapar.

–¿Y te viniste así, con una mano delante y otra detrás?

–Mi mujer ya tenía instrucciones. Si me pillaban, ella sabía dónde guardaba el dinero. Lo cogió y se vino para aquí, embarazada y con la mayor que tenía poco más de un añito. Todo lo demás, allí se quedó.

–¿Teníais caserío?

–No, vivíamos con un hermano, así que él se quedó contento, éramos demasiados en su casa. Enseguida conseguimos caserío aquí, de una anciana que ya no podía con él, le habían matado a los tres hijos en la guerra. Estuvo con nosotros hasta que murió, pobre mujer.

–Y ya no quisiste volver.

–Aquí estamos bien y, total, qué más da, es lo mismo esto que aquello.

* * *

No me lo puedo creer. ¿Qué se han creído estos dos mocosos?

–¿Qué hacéis aquí? ¿Os manda vuestro padre?

Me miran fijamente. Están cogidos de la mano en la puerta del bar.

–¿Os ha comido la lengua el gato? ¿Qué queréis? Si no decís nada, marchaos.

El niño le susurra a su hermana algo al oído. Ella se ríe y me saca la lengua. Salgo de la barra deprisa, se dan la vuelta y salen corriendo hacia su caserío. Pintxo les ladra y al mismo tiempo mueve el rabo.

–¿Qué clase de perro guardián estás hecho tú? Seguro que has estado jugando con ellos antes de que entraran al bar.

Me mira con sus ojillos dulces. No puedo enfadarme con él, es solo un cachorro. Lo desato, da saltos de alegría, corre alrededor de mí. Se dirige al gallinero.

–¡No, Pintxo, deja las gallinas en paz!

Qué listo es, ya sabe que ahí no tiene que ir. Vuelve cabizbajo pero, en cuanto le hago una caricia, mueve contento el rabo. Me siento un momento en la silla del porche. Pronto empezará a llegar la gente para el primer turno del tren y esto será un trajín constante hasta la noche. Algunos se quedarán arriba, pero seguro que pasa como casi a diario, que unos pocos dejan aquí sus cosas nada más llegar y reservan habitación para la noche. Desde la romería de Pentecostés todos los días al completo, más las comidas, las meriendas, los cafés y los tentempiés, no nos vamos a quejar, van saliendo las cuentas. Y en invierno, cuando ya no haya verbenas ni romerías por ningún lado y nadie quiera subir hasta la cumbre, los fines de semana tendremos a Martín con el acordeón para amenizar y pondremos el baile. Los de los caseríos más cercanos no vendrán, esos no nos pueden ni ver, pero algunos de los del pueblo seguro que se animan, sobre todo los más jóvenes, que preferirán divertirse aquí, lejos de las miradas controladoras de los padres. Y al amparo de la música y el baile seguro que también vienen otros a hacer negocios. Tenemos que aprovechar que estamos a desmano, sacar partido de ello. De algo me tiene que servir lo que aprendí estos años en las tabernas y ventas que están lejos de los pueblos y cerca de los pasos, son necesarias para cierto tipo de clientela y no hay nada de malo en ello. Aquí cada cual se busca las alubias como puede. Entiendo que el morrotorcido de abajo nos guarde rencor, todo esto era suyo y vivían tranquilos antes de venir el tren y llenarse esto de excursionistas. Estaban ellos, la capilla de san Ignacio y poco más. Pero el progreso es lo que tiene. Si él quisiera le compraría la leche y algún cordero de vez en cuando, los productos de verano también, pero no hay manera. Cada vez que me lo encuentro me fulmina con la mirada. No me da miedo, con peores me he enfrentado, pero sé que no nos conviene estar enemistados. Y que vengan sus niños a meterse conmigo no me gusta nada. Louis me dice que no me preocupe, que ya se acostumbrará, pero conozco bien esos rencores turbios, gente que abraza el odio y que no puede vivir sin él y que lo pasa a los hijos y los hijos odian de igual manera y después los nietos y así hasta la eternidad y si encuentran oportunidad para vengarse o para hacer el mal la aprovechan y se regocijan en ello. Cuántas historias habré escuchado de enfrentamientos entre vecinos que acaban en tragedia. Louis se piensa que todo el mundo va por la vida con la buena voluntad que tiene él, con su generosidad. Parece mentira que piense así, con la de historias que le cuentan en la barbería no entiendo cómo no desconfía más del ser humano. Pero igual, por esa misma confianza, la gente se acaba apoyando en él, buscando su oreja y su consuelo. Cree en las personas pero no cree en Dios. Todo lo contrario que yo. Bueno, a espabilar, Maddi, que los pensamientos profundos son para las que tienen criada.

2

Me gustaría escribir una carta a padre o sentarme a la lumbre en el caserío entre él y madre y contarles sobre los dos huéspedes que están inspeccionando el territorio desde aquí hasta la cima del Larrún para ver dónde plantar las hayas y dónde los robles y los pinos. Padre se reiría y les diría que no se necesita ser ingeniero para eso, pero escucharía atento sus explicaciones. Les contaría que él, antes de cruzar a este lado, hacía carbón y que nadie conocía el bosque como él. Y que a pesar de que el carbón apenas le daba para vivir, en el bosque era más feliz que en el caserío. Me gustaría decirle a padre que el hotel va bien, que durante el año los huéspedes son en su mayoría señores profesionales que vienen a estudiar cómo el trenecito sube hasta la cumbre o a hacer mantenimiento en sus vías o en la estación. Me gustaría que supiera que este es un sitio decente, que el verano pasado vinieron excursionistas de dinero y extranjeros, de esos que veranean en San Juan de Luz, que tengo una vida digna y que no haga caso de las habladurías. Lo que más me gustaría es invitarles a él y a madre a venir unos días aquí. Pero para qué molestarme, no hay quien les saque del caserío y menos para venir a lo que ellos creen que es una casa de perdición. A Carmen y a Jean Fermin sí voy a escribir, y que se vengan con la pequeña Marie Jeanne, que para eso es mi ahijada. ¡Seguro que le encanta subir y bajar en el tren! Y a José Ramón también. Le echo de menos.

No sé por qué no hacemos por vernos. A él le traen sin cuidado los chismes y hace tiempo que también dejó el caserío y a padre para dedicarse al trabajo de noche. No creo que tenga nada que reprocharme.

Pintxo está ladrando. Maldita sea, va a despertar a los huéspedes. ¿Llaman a la puerta? A estas horas no puede ser, es demasiado tarde para cualquier huésped y demasiado pronto para Fidel, además hoy no le toca dejar ninguna mercancía y él no llamaría a la puerta, se iría directamente al gallinero a esconder los fardos. Y Pintxo le conoce, no estaría ladrando. Los dos señores se han retirado hace rato a dormir. Otra vez parece que llaman. ¿Y ese ruido? Algo ha golpeado fuerte contra la puerta. Me pongo la bata, salgo de la habitación, bajo corriendo las escaleras. No enciendo la luz del bar, miro primero por la ventana. No hay nadie fuera, pero Pintxo sigue ladrando. Abro la puerta lentamente y a mis pies, un bulto. Mando callar a Pintxo. Parece una mujer, envuelta en varios refajos y con un pañuelo en la cabeza. Me acuclillo junto a ella, le cojo una mano, está fría, le doy un par de palmadas en la cara. Es casi una niña. Abre un poco los ojos, se lamenta, con una mano se agarra el vientre. Está embarazada. La intento levantar, pero no puedo. Le susurro, arriba, arriba, que no puedo contigo. Se espabila un poco, apoya la mano contra el quicio y entra conmigo en el bar.

–¿Te quieres sentar?

Asiente, niega con la cabeza. Gime, se me escurre. No sé si voy a ser capaz de subirla hasta la habitación. Oigo ruidos en la escalera de huéspedes. Es uno de los ingenieros, Cyrin, que se asoma descalzo y en pijama.

–¿Qué ocurre?

La chica aúlla de dolor y se deja caer como un fardo.

–Ayúdeme a llevarla a mi habitación, por favor.

–¿Es su hija?

–No, por Dios, no sé quién es.

Cyrin pasa el otro brazo de la muchacha alrededor de su cuello y entre los dos conseguimos cargarla hasta mi habitación. La tumbamos en la cama. Se revuelve y aúlla de nuevo. Empiezo a quitarle la ropa de cintura para abajo, la falda, las enaguas. Cyrin me ayuda resuelto.

–¿Ha asistido alguna vez en un parto, señor?

–A mi mujer se le complicó el segundo y no pudimos esperar a la comadrona. Algo sé. ¿Y usted?

–Vacas. Y dos hermanos.

Otro grito de la muchacha nos interrumpe. Me asomo a su entrepierna. Está totalmente dilatada, tanto que asoma la cabecita del bebé.

–Vamos a tener que hacerlo nosotros. No hay tiempo de ir hasta Sara a buscar al médico, pero viene bien, viene de cabeza.

Cyrin asiente, se remanga el pijama. Bajo a la cocina a calentar agua. Oigo los gritos de la muchacha y a Cyrin animándola. Empuja, le dice. Pero no, que todavía no empuje, por Dios. Cojo toallas limpias, meto las tijeras en alcohol. Ay, san Ignacio, que no se complique nada, que no se nos desangre, que sea un parto limpio. Aparece Lucien en la cocina con cara de susto. Le indico que me siga. Subo corriendo. Lucien viene detrás, se detiene en el umbral de la puerta. Cyrin le ordena que coja de la mano a la chica. Lucien lo hace, pero parece que se va a desmayar en cualquier momento. Empuja, grita Cyrin. La muchacha gruñe y llora, dice que no puede más. Pero sí puede. Grita y empuja y ya asoma del todo la cabeza del bebé. Cyrin me deja espacio para que yo, con mis manos, aguante la cabeza. La madre toma aliento y vuelve a empujar y ya veo los hombros. Sigo sujetando y sintiendo su viscosidad y su calor. El cuerpecito se desliza, sale solo. Es un niño, decimos los tres a la vez. Cyrin me mira con la tijera en la mano. No sabe dónde cortar el cordón. Le indico donde creo que está bien. Ahora hay que hacerlo llorar. Le seco un poco más con la toalla para que no se me escurra, lo cojo de los tobillos como vi hacer con mis hermanos y Cyrin le da una palmadita en las nalgas que hacen que rompa en llanto. Lo envuelvo del todo en la toalla y lo lavo con mucho cuidado la naricilla y la boca. Miro a Cyrin y Lucien, que sigue con la mano de la muchacha entre las suyas. Sonríen y lloran al mismo tiempo. La madre tiene la mirada perdida. Le acerco el bebé para que lo coja y le dé su calor, pero no reacciona. Sigue agarrada a Lucien, que ahora la suelta con delicadeza.

–Tranquila, no pasa nada, te lo sujeto yo un rato. Descansa. Ahora tienes que echar todo lo que te queda dentro.

La muchacha sigue sin reaccionar. Lucien y Cyrin parecen turbados, como si de repente se dieran cuenta de que están donde no les corresponde. Cyrin carraspea.

–Nos retiramos a nuestros aposentos, señora. Mañana tenemos que madrugar para acabar el reconocimiento.

–¿No quieren una copita de coñac? Creo que se la han ganado.

–Igual nos vendría bien para quitar los nervios, ¿no crees, Cyrin?

–Sírvanse abajo lo que quieran.

Les oigo cuchichear por el pasillo. Pego el bebé a mi cuerpo para darle calor. Sus manitas se mueven y su boca busca el pezón. Aquí no busques, pequeño, que todo esto está seco. Miro a la madre y sigue con los ojos abiertos pero sin ver. Tendrá unos dieciséis o diecisiete años.

–¿Cómo te llamas?

Parece que no me escucha. No reacciona. El bebé sigue moviendo la cabeza y buscando. Pega su boquita a mi piel.

–Tu hijo tiene hambre.

Me acerco con el bebé. Sigue sin reaccionar. Me siento a su lado en la cama y le apoyo el bebé en el pecho. Sus brazos no se mueven.

–Se va a caer. Cógelo. Apóyalo en tu pecho. Necesita tu calor.

Nada. Qué angustia. Vuelvo a coger al bebé. La chica se mueve para aguantarse el vientre. Parece que tiene un retortijón. Me asomo. Ha acabado de echar la placenta. La contracción parece haberle sacado del pasmo. Ahora sí me mira, mira al bebé.

–Vamos a asearte y a quitar toda esta porquería y a ponerte sábanas limpias, pero tienes que abrazar a tu hijo y ver si se te agarra al pecho.

La muchacha estira sus bracitos y coge al bebé. Se lo pone contra el pecho, el pequeño busca el pezón. Después de varios intentos, se acopla a él. Trabajo alrededor de ella para quitar las sábanas sucias, le pongo una toalla bajo sus partes, todavía al aire. No sé qué hacer.

–¿Quieres que te lave?

Asiente. No parece que le avergüence tanto como a mí. Voy al baño a poner agua limpia en la bacinilla, cojo la pastilla de jabón y un trapo nuevo. La chica me sonríe. El bebé sigue enganchado a su teta. La limpio todo lo bien que puedo, retiro la toalla. La porquería ha traspasado al colchón, pero pongo las sábanas limpias encima. No la quiero mover ahora, ya habrá tiempo de lavarlo. O de tirarlo y comprar otro nuevo. Esto no me lo esperaba yo. El bebé parece que se va cansando de mamar.

–¿Me vas a decir quién eres?

La joven niega con la cabeza.

–Te voy a traer un caldo para que te repongas.

Bajo a la cocina. Caliento el caldo y saco del aceite cuatro sardinas. Un pedazo de pan de maíz para acompañar. Un vaso de leche también le vendrá bien. Pongo todo en la bandeja. Qué habrán pensado estos dos. Son discretos. Ninguna pregunta. Ningún comentario, como si esto fuera lo más normal. Lo que nos faltaba para la reputación. Mañana les pediré que no lo cuenten. Qué vergüenza. ¿De dónde sale esta chiquilla? ¿Por qué ha venido aquí a parir? ¿Tendrá Louis algo que ver? No puede ser. Es una niña, rediós. Subo a la habitación. Entro sin llamar. Se ha quedado dormida con el niño apretado contra el pecho. Él también duerme. Se va a enfriar el caldo. No importa, luego se lo caliento de nuevo. Me voy a quedar aquí en el sillón a pasar la noche, por si se despierta. Qué cansancio.

El bebé berreando. Está amaneciendo. Me he quedado dormida. Dónde está la muchacha. El bebé está en la cama, entre las dos almohadas. Parece que va a estallar de todo lo que grita. Tiene hambre. Dónde está esta chica. Igual ha bajado a la cocina a comer algo. En la bandeja queda el caldo, pero no están las sardinas ni el pan. Cojo al crío. No para de llorar. Ssshhh. Lo envuelvo con mi chal. Me lo pego al pecho. No se calma. Ay, pequeño. Ssshhh. Bajo a la cocina. Desierta. Falta el resto del pan y un queso entero. No puede ser que se haya ido. No puede ser.

***

No sé si me gusta esta criada. Me la recomendaron en el pueblo, pero no acabo de fiarme de ella. No me agrada su facha, siempre con los pelos medio grasientos y las uñas sucias. Si no eres capaz de mantenerte limpia, ¿cómo vas a limpiar las cosas? Voy a ver cómo está haciendo las habitaciones. Ahí está, piensa que no la veo y hace la cama de cualquier manera.

–¿Qué andas estirando las sábanas? Te he dicho mil veces que tienes que retirarlas, sacudirlas bien en el balcón y airearlas al fresco. ¿Qué forma es esta de hacer camas? Deshazlas todas y vuelve a empezar.

Ni siquiera me responde esta morrotorcido.

–¿Respondes? ¿Entiendes? Habla, muchacha.

–Sí, señora.

Uy, qué mirada torva tiene. No me gusta nada el retintín con el que dice señora.

–Y espabila, que no quiero que te pillen los huéspedes aquí cuando vuelvan.

Rebufa, la descarada. Bajo al bar a ver qué tal va Louis. Otro que se da más garbo que un limaco.

–¿Y tú, qué haces ahí sentado? ¿Todavía no has recogido los desayunos?

–Mujer, me he sentado ahora mismo un momento a hojear los periódicos. ¿A qué vienen las prisas?

–¿A qué vienen? ¿Tú crees que las cosas se hacen solas?

–No grites, que vas a despertar al chiquillo.

–¿Dónde está la cesta?

–Pues ahí mismo, detrás de la barra. Baja la voz, joder. Y tranquilízate, que nos vas a volver locos a todos.

–Claro, tú estás tranquilo, duermes a pierna suelta, ¿por qué no te lo llevas tú a tu habitación? Toda la noche sin pegar ojo, que me he tenido que ir con él hasta la borda para no despertar a los huéspedes. Y ni te has enterado.

–Déjaselo a esa, que se supone que sabe cuidar críos.

–No me fío. No me gusta cómo me mira ni cómo lo mira a él. Que se limite a limpiar, si es que puede porque creo que no vale ni para eso. Y encima seguro que va contando nuestros asuntos por todo el pueblo.

–Cómo estás, mujer.

–¿Cómo voy a estar, rediós?

–¿Y yo qué quieres que le haga?

–Para empezar, podrías ayudarme un poco más, que esa moza vino aquí a parir por algo.

–¿Ya estamos? ¿Por qué no me crees cuando te digo que yo no tengo nada que ver?

Me callo. No quiero empezar una nueva discusión. A veces le creo y a veces no, pero al final poco importa. Han pasado dos meses, la madre no ha vuelto, ninguno de los dos pronunciamos la palabra inclusa. Dejamos que pasen los días, cuidamos de él. Louis hace lo suyo, no me debería enfadar, prepara la leche, hierve las botellas, le da las tomas durante el día. Menos mal que no ha rechazado la leche de vaca ni los polvos que nos recomendó el médico de Bayona. Qué cosas hacen hoy en día. Hubiera sido mejor un ama de cría pero teníamos que traerla hasta aquí y a ver quién la mantenía. Con pagar a la criada en verano tenemos bastante. No debería enfadarme con él, pero estoy agotada y revirada, todo me molesta.

Louis deja el periódico y se pone a recoger las mesas.

–Perdona, Louis, es que estoy muy cansada y esa manos tristes ya me ha puesto de mala uva. Deja, lee el periódico tranquilo. ¿Has desayunado?

–Sí, pero tú seguro que no. ¿Te hago un café? Anda, siéntate aquí, que está limpia.

Me siento a la mesa, me da un beso en la frente y entra en la cocina. Le oigo silbar. El nene sigue durmiendo. Será castrón, con la noche que me ha dado. Ahí es donde mejor duerme, en la cesta y detrás de la barra. Si me vuelve a dar la noche, le bajo aquí y me tiro al suelo a su lado.

Louis vuelve con el tazón de café y pan con mantequilla.

–Siéntate conmigo, anda, y léeme las noticias, luego recogemos juntos.

Coge el periódico, lo extiende en la mesa y comienza a leer. No presto atención, pero su voz me tranquiliza, también la rebanada gruesa de pan con mantequilla.

***

Señor, perdona mi soberbia y mi mal carácter. Sé que no es excusa, pero ya ves cómo estoy, que no doy abasto. No debería tratar así de mal a Louis, incluso a la criada. Aunque con esa me cuesta, vaya cuajo que tiene, Señor, a algunas las haces de lentas y dejadas... Sí, tengo que controlar el carácter y tener más paciencia, sobre todo con Louis, que hace lo que puede. Nunca tuvo que cuidar a nadie y bastante bien lo hace, que se encarga del crío la mayoría del tiempo durante el día. ¿Me revelarás algún día la verdad sobre este niño? A veces pienso que se lo has puesto en la vida para compensarlo por llevarte a su Ana querida y al pequeño cuando ni siquiera había abierto los ojos. Después de tantos años todavía los recuerda casi a diario. No te enfades con él, Señor, y entiende que renegara de ti en ese momento. Ya ves la cantidad de años que han pasado y todavía tiene pesadillas, se le mezcla la muerte de la madre y el hijo con la guerra y aparece a la mañana siguiente todavía desencajado. Lo que ha sufrido este hombre no está escrito y eso le ha hecho perder la fe. Pero tal vez algún día vuelva a ti. Yo también he sufrido y el sufrimiento me ha llevado más cerca de ti, pero cada cual es cada cual. Pero me estoy desviando, yo lo que quería era decirte que siento tener tan mala leche y ponerme así de desagradable a veces. Y que tengo propósito de enmienda. Ya sé que incumplo mi promesa cada dos por tres, pero tampoco me lo ponen fácil. Mira hoy Lisa, la que me ha montado en la cocina. El puchero para tirar. Menos mal que solo eran las cebollas y no había echado todavía el cordero, pero me ha fastidiado el pochado y el culo del puchero.

¿En qué andaba para no darse cuenta de que se estaban quemando? No ves, me caliento otra vez. Así no puede ser. Igual debería coger el rosario y rezar de esa manera porque si te cuento todas las cuitas del día me enciendo y al final ni te rezo ni me alivio. De pequeña siempre me escapaba de rezar el rosario y buenas tundas me dio madre por ello. Me aburría muchísimo y no entendía nada. Siempre me ha parecido que eso no es rezar porque yo no veía a ninguna de esas mujeres hablar contigo, simplemente repetían las retahílas interminables. Pero ahora las entiendo. Hablar contigo es recordar el día y hacer examen de conciencia y ninguna de las dos cosas resultan agradables. Para aquellas mujeres, como para mí muchas veces, no tanto ahora que aunque me queje, soy mucho más feliz, repasar el día es repasar las dificultades, el trabajo que machaca, los despechos del marido, los disgustos con los hijos, la vaca que se enferma, el maíz que no acaba de brotar, la mala palabra de una vecina... a veces pienso en el día completo de madre y me dan ganas de salir corriendo hasta el caserío y abrazarla, aunque ella me respondiera con un sopapo. Y lo de hacer examen de conciencia ni te cuento. Creo que madre nunca se ha parado a pensar y, si lo hiciera, no sé si saldría espantada de su propio cuerpo. Igual exagero, igual es más feliz de lo que imagino y encuentra placer en esas cosas cotidianas, incluyendo rezar el rosario cada noche, acariciando las cuentas de piedra y bisbiseando su retahíla. Yo prefiero hablar contigo, Señor, a pesar de que me caliente recordando la torpeza de Lisa, porque sé que tú me escuchas y, aunque a veces te enfades un poco conmigo, sabes que no actúo con maldad. Te pido paciencia, que ilumines a la tonta de Lisa y que me des fuerza para trabajar bien. Y yo te ofrezco mi amor y hablarte con verdad. Amén.

***

Cada vez tengo menos esperanzas de que la madre aparezca a buscarlo. Dentro de nada volverá Louis de firmar el reconocimiento. Lleva desde mayo jurando que él no tiene nada que ver, que no ha tenido ninguna relación con ninguna mujer y menos con una tan joven. Me alegra que decidiera no llevarlo a la inclusa. No quiero que crezca sin apellidos, sin familia, que en todos sus papeles señale que es hijo de desconocidos. Como padre, que por mucho que le recogieron cuando niño, siempre será un expósito. Y esos años en la inclusa no se los quita nadie. Cuántas veces se habrá preguntado por qué lo abandonó su madre, quién fue su padre, y cuántas veces ha achacado mi rebeldía a esos progenitores que no conoció pero que, según él, han dejado su mala herencia en mí. Igual padre es hijo de una muchacha que, en vez de tener la suerte de encontrarse con una como yo, parió en cualquier parte y lo dejó después en el torno. Está bien que Louis lo reconozca, por los motivos que sean, lo mismo me da. Quiero creer que lo hace por bondad, por caridad cristiana ahora que estamos en Navidad, porque él también se ha encariñado durante estos meses de la criatura y porque sabe que voy a cumplir mi promesa. Si lo reconoce y el niño se queda, lo cuidaré como si lo hubiera parido, ya lo estoy haciendo, aunque ningún papel nos una. Si me viera Nico ahora, tanto reprocharme que no me quedaba embarazada, que no le iba a dar descendencia, que no tenía instinto de madre y que por eso la naturaleza me negaba lo que sabía que no me podía dar. Ignorante. La naturaleza no me daba lo que yo no quería que me diera. Y la naturaleza no me ha dado este niño, tampoco yo lo he buscado. Jamás lo diré en voz alta, pero preferiría que esa chiquilla nunca hubiera parido aquí. No le va a faltar nada, ni educación ni comida ni cariño, pero cuando pensaba que iba a vivir la vida que yo había elegido, cuando por fin me había desecho de todo lo que me pesaba, me cae este crío encima. No quiero pensar que es un castigo de Dios por mi soberbia o por lo de las hierbas. Así como he tenido claro que, de haber tenido elección, no hubiera querido este hijo, también sé que a un orfanato no va a ir y que tiene que tener un apellido paterno. Lo importante es que tenga apellido paterno. Y si algún día aparece la muchacha ya veremos cómo nos arreglamos. Pero no, si vino hasta aquí a parir, si lo amamantó y después fue capaz de sacárselo del pecho, arroparlo y dejarlo protegido entre las almohadas, esta muchacha sabía lo que hacía, estaba decidida. Y que han pasado siete meses ya. Dudo mucho que vuelva. Todavía me pregunto si vino aquí a propósito, si sabría que conmigo no iba a haber problema. Hasta que apareció esa chiquilla creía que conocía bien a Louis, que sabía todo sobre él, pero es una tontería. Es como si él pensara que lo sabe todo sobre mí. Nada más lejos. Es posible que le diera vergüenza reconocer que tuvo relaciones con una chica tan joven, a su edad, que podría ser su abuelo, o admitir que después de quedarse viudo ha estado con mujeres, algo que oculta tan bien que hace pensar que no le interesan nada. El rumor aquel de que se iba a Biarritz a las noches y no precisamente a estar con mujeres igual tenía lo mismo de verdad que de mentira. Pero no es asunto mío. Nuestra amistad funciona porque nos damos el derecho a confiar el uno en el otro, no nos imponemos la obligación de hacerlo. Estará a punto de llegar. Voy a preparar un café.

Ya está aquí. Entra sonriente y deja el papel sobre la barra, señalando enfáticamente lo que queda ahí escrito.

–Mira, mira, aquí está, Lucien Cyrin Nicolas. A ver si esta primavera vuelven los dos ingenieros y les damos la sorpresa.

–El mejor regalo de Navidad que va a tener este niño en toda su vida.

–¡A mi edad, padre de un bebé de siete meses!

–Y a la mía, ejerciendo de madre, quién me lo iba a decir.

–No eres tan mayor, podría ser tu hijo. Porque estás más flaca que un palo, que si no en el pueblo seguro que dirían que es tuyo y que lo has tenido por pecar conmigo.

–Si te descuidas, lo dicen. Acuérdate de cómo me miraban cuando bajamos con él en mantillas. Solo les faltaba palparme el vientre.

–¡El milagro de san Ignacio!

–Todo lo contrario. Dirán que la bruja de san Ignacio ha parido un hijo del diablo. O la «muslo entretenido». No creas que no sé cómo me llaman. Desde que llegó Lucien, dejaste la barbería y te mudaste aquí, no dan abasto con tanto cotilleo.

–Tienen que estar contentos con nosotros. Les damos mucha diversión.

–Y encima les ponemos baile el sábado y el domingo.

–Nos tendrían que hacer una capilla al lado de la de san Ignacio.

–No seas blasfemo.

–Con lo mal que te trata la Iglesia y qué beata eres.

–Por cierto, mañana voy a ir a misa del gallo. ¿Te quedarás con Lucien?

–Podemos ir los tres.

Mi cara debe reflejar la sorpresa que me provoca la idea porque Louis se ríe a carcajadas.

–Lo digo en broma, mujer, vete tú tranquila. Pero ¿vas a ir a esas horas hasta el pueblo, con el frío que está haciendo?

–Eso no es impedimento.

–Para ti no lo es, no. Nunca dejará de asombrarme tu devoción, Maddi. Es admirable.

–No te rías de mí.

–No lo hago. Ven aquí. Dame un abrazo. Hoy es un gran día.

3

Salgo al porche y me siento con Lucien en el regazo a tomar el aire fresco de la tarde. Ya se van acortando los días. El niño está hoy inquieto, igual aburrido después de toda la excitación del verano, a ver si se tranquiliza un poco y deja de corretear. A Louis lo tiene exhausto. Pintxo nos ha oído y lloriquea. Lucien salta y va corriendo hacia él. Le sigo y soltamos al perro. Empiezan a jugar como cachorros, revolcándose por la hierba. Se va a poner perdido, pero a ver si por lo menos así se cansa.

Hace días que Fidel no se pasa por aquí. Está empezando a enrojecer el helecho y tienen que cortarlo. Eso no se lo puede dejar a la mujer y las hijas, que bastante hacen. Llevan ellas casi toda la carga del caserío, él con el trabajo de noche no da para mucho más. No sé qué hará cuando se le casen las hijas, aunque son tan montaraces que no habrá hombre que se atreva con ellas. La pequeña sale al padre, no me extrañaría que le cogiera el relevo en el negocio. Mientras tanto, ahí están, con sus vacas, su rebaño de ovejas, ¿cuántas me dijo, ciento veinte?, su maíz y alubias, y buena huerta que ha tenido este verano. Menudos tomates me traía. Sale Louis y se queda sentado a mi lado, contemplando a Lucien y a Pintxo jugar. Me gustaría aprovechar esta parte de atrás, entre el gallinero y la borda, para sembrar por lo menos algo de maíz y alubia, unas patatas. Voy a buscar algún muchacho en invierno para preparar la tierra y abonarla. O igual hablo con Antoine, a ver si le interesa un ingreso más o enviar a su chiquillo, que va teniendo edad de trabajar. El terreno está en cuesta y será más pesado, pero ya nos las ingeniaremos. Y después que nos trabajen la huerta en el verano. Así nos ahorramos comprar todo ese producto. En la borda podemos guardar maíz, cebolla, alubias, patata, incluso calabaza. Animales, además de las gallinas, no vamos a tener, que sería demasiado, pero es una pena tener todo ese terreno y no aprovecharlo. Al casero de abajo le diría que viniese a coger helecho y árgoma, que nosotros no lo vamos a usar, o que trajera las vacas a pastar, pero para qué, si me va a soltar un bufido.

–¿Qué piensas que frunces el ceño, Maddi?

–Nada, estaba pensando en los de abajo.

–Ayer estuve un rato con los niños, con Bixi y Manuel.

–¿Y eso? ¿Cómo no me habías dicho nada?

–No fue gran cosa. Me fui andando hasta el frontón y de camino pasé por delante. Desde la carretera ya sabes que no se ve el caserío, pero estaban los dos más arriba, jugando cerca de la borda que tienen a la entrada. Me paré y les pregunté a qué jugaban. El niño no respondió, pero Bixi vino corriendo y me enseñó la mano cerrada y me dijo riendo «llama a la puerta». Yo le di un par de toques en los nudillos, ella abrió la mano y voló un saltamontes. Me hice el asustado y los dos se partían de risa.

–No sé cómo lo haces, te acabas ganando a todo el mundo.

–Luego estuvimos hablando de saltamontes y sus diferencias con los grillos y poco después me despedí.

–¿No salieron el padre o la hermana mayor?

–No, ni rastro de ellos.

–Menos mal. ¿Y en el frontón qué tal?

–Estaba hasta arriba, apenas pude ver el partido, estuve charlando con algunos conocidos. ¿Te puedes creer que nadie me pregunta por Lucien?

–Claro que me lo puedo creer. Prefieren inventar que saber.

* * *

Voy al gallinero. Las gallinas se me acercan, esperando su maíz. Detrás de los aperos están los dos bultos que ha dejado Fidel. Compruebo que se ha llevado los paquetes con la seda. En el invierno tenemos poca gente en el hotel y bajan los ingresos, los fines de semana no dan para tanto. No me vendría mal hacer esto regularmente. Ida y vuelta a Bayona me lleva casi el día, pero Louis puede atender mientras estoy fuera. Físicamente lo aguanto aunque me cuesta volver con el fardo en la parrilla. Solo puedo con uno y, si quiero sacarle provecho, debería llevar varios en cada viaje. ¿Y si me paran los gendarmes? Pero ¿por qué me iban a parar? La seda puede ser para vestidos, para cortinas, para forrar las paredes si se me pone en el moño. Cojo los dos bultos y los abro. El café ha llegado bien. Qué aroma. Seguro que es el mejor de la zona. Dejo un par de paquetes fuera y el resto lo vuelvo a esconder tras los aperos. Me dice Fidel que la seda la puede colocar fácilmente, se nota que tiene una buena red de contactos, no solo en los caseríos de apoyo, también en el mismo Oiartzun, incluso en San Sebastián, y que busque medias de seda buenas, que eso también se vende bien y es más fácil para mí. Cojo el maíz y comienzo a regar el suelo con él, vienen corriendo las gallinas, las saco para que picoteen un rato afuera, hace un día precioso. En el próximo viaje a Bayona busco las medias porque es verdad que no pesan nada y las puedo transportar mejor. Igual me puedo dar una vuelta por San Juan de Luz, que está mucho más cerca, a ver qué producto encuentro ahí. Cosas buenas, con la de ricachón que hay, pero más caras. Vuelvo a echar maíz, son insaciables estas gallinas pero qué buenos huevos me dan. Lo de los preservativos me da mucha vergüenza y a Fidel también, aunque vaya de anarquista, que se le trababa la lengua al decírmelo preversativos, presarvetivos, perversativos, con esta última nos hemos reído tanto. ¿Cómo voy a ir yo por Bayona comprando preservativos, por Dios? De eso nada, por mucho dinero que den. Y lo de las ruedas no sé si me convence, aunque me pida solo guardarlas. Bueno, ya está bien de maíz, lo guardo y luego les traigo las sobras de las verduras. Las ruedas son demasiado grandes y llaman mucho la atención y, en caso de un apuro, me costaría más cambiarlas de sitio o esconderlas. Parece que hay mucho dinero ahí, pero también mucho riesgo. Es un poco ganso Fidel, me he reído con la historia de los carabineros, que se pensaban que estaban viendo un oso cuando en realidad era un compañero suyo que cargaba con la rueda en los hombros atravesada por un palo y que con la oscuridad de la noche y los movimientos algo torpes, los carabineros se pensaron que era el animal y luego lo contaban asombrados en la taberna. Entre el oso y los perversativos hemos pasado un buen rato. Se lo tengo que contar a Louis.

Vuelvo a la cocina a preparar los almuerzos para los de la estación. A ver si les gustan mis garbanzos con bacalao y de postre, flan. Me preocupa lo que me dice Fidel del ambiente al otro lado y que a él le recuerda a cuando era niño y andaban los carlistas haciendo de las suyas. Lo que leo en los periódicos es que el nuevo gobierno está aprobando leyes para los trabajadores y las mujeres. Nada de lo que escucho me disgusta, ni siquiera lo que quieren hacer con la Iglesia. No estaría nada mal que ventilaran los conventos y las sacristías y que empezaran a aprender lo que es de verdad amor cristiano. Fidel se dice anarquista porque él no quiere que nadie le mande y me dice que yo también lo soy, aunque no lo quiera reconocer y aunque vaya a misa. Anarquista o anarquisto, lo que importa es que sea buena persona, pero él me dice que así no se llega a ninguna parte, que en este momento hay que tomar partido. Y me pone el ejemplo de las tropelías que hacen los fascistas en Italia desde el poder. Ya le he dicho, que si quiere ver fascistas que se dé un paseo por San Juan de Luz, o incluso que se venga al hotel en verano, que ya verá que enseguida los huele. A él se lo voy a contar, que los conoce perfectamente. Los debe de tener a todos fichados.

Ahí está Louis, jugando con Lucien y Pintxo. Dice que Fidel me está politizando, pero yo me sé politizar muy bien solita, no hace falta más que leer los periódicos. Se está haciendo mayor, Louis, cada vez más descreído. Su consuelo es el pequeño Lucien, a la vejez viruelas. Le da miedo que me haya metido en estos trajines, cree que pongo en riesgo al hotel, pero sabe que si no, las cuentas del año no salen. No podemos depender únicamente de los veranos y de lo poco que ingresamos durante el resto del año. Entre noviembre y abril, salvando los fines de semana y no todos, esto está muerto. ¿Cómo vamos a mantenernos si no? Hay que ser realistas. Le doy mil vueltas a las cosas y siempre encuentro solución y en esta vida hay que tener arrestos, que si no, te come la miseria. Lo sabré yo.

4

–Pues yo creo que se parece a ti.

–No digas tonterías, José Ramón.

–Tenéis un aire, lo digo en serio.

Lucien está enterrando los soldaditos que le ha traído José Ramón en una maceta.

–¿Qué hace?

–Le gusta esconder cosas en las macetas y luego hacer que Pintxo las desentierre. Juegan así.

–Este niño necesita estar con otros críos.

–Enseguida le mandaré al colegio, en cuanto me lo cojan. Gracias por los soldaditos, pero siempre que vienes no tienes por qué traerle un regalo.

–Me gusta hacerlo.

–Te da pena.

–Un poco, sí.

–Pues no sé por qué.

–No te enfades, Maddi. Simplemente tengo debilidad por él. Se nota que es un niño especial.

–Eso es porque sabes cómo nació. Si no lo supieras, te parecería un niño normal.

–Pues igual.

–¿Has estado en casa últimamente?

–Sí, padre y madre están bien. Ignacio también. Siempre que voy me preguntan por ti.

–Ya.

–Es verdad, Maddi, sabes que se preocupan. Otra cosa es que te lo digan...

–Ya.

–Estaba también la tía Carmen con Marie Jeanne. Habían ido a recoger un cordero. Y ya sabes madre y la tía cuando se juntan... vaya repaso me dieron.

–¿Y eso?

–Pues como he metido a los primos a trabajar conmigo cada vez que me pilla por banda me echa unas broncas de Dios es Cristo.

–¿Y qué quiere que hagan? ¿Que anden de criados por los caseríos? Contenta debería estar.

–Pues sí, eso le dije yo.

–¿Y madre, qué decía?

–Le daba la razón a su cuñada, pero en realidad las dos saben que no hay más tutía.

–¿Y cómo viste a Marie Jeanne?

–Guapísima, ya casi una mujercita, y tan salada como siempre.

–Trece años tiene ya, qué barbaridad.

–Nos hacemos viejos, hermana.

–¿Y qué tal el trabajo?

–Difícil, nos afecta lo que pasa al otro lado. Aquí no nos estamos enterando de mucho, pero la costa está muy vigilada. Hay cantidad de huidos a raíz de lo de Asturias y los están sacando por mar. Ayer mismo llegó un bote a San Juan de Luz y los pillaron los gendarmes.

–Pobre gente.

–Pues sí, porque a los que pillan se los llevan a Hendaya y con la misma los entregan a los carabineros.

–Fidel me dijo que iba a estar fuera unos días. Igual es que se ha ido a echar una mano.

–Seguro. La mayoría son socialistas y comunistas, pero alguno de los suyos también hay. Le habrán avisado.

–No sería la primera vez.

* * *

Que tire la primera piedra quien esté libre de pecado. Cómo me gustaría gritarlo en medio de esta iglesia, en esta penumbra donde se esconde tanta miseria. Miran a Lucien como si fuera un bicho raro o peor, un apestado. Si fuera por ellos nos enviarían ahí arriba, a la galería. Se acostumbrarán a verlo cada domingo aquí conmigo. Ya tiene edad de salir, de ir a misa y de darse cuenta de que más allá de las paredes del hotel la vida no es tan sencilla. Dentro de unos meses comenzará el colegio. Le llevaré de la mano cada día, me preocuparé para que la maestra le proteja porque seguro que los hijos de todas estas le hacen la vida imposible. Solo hay que ver cómo lo miran, ellas y ellos, para saber que ya tiene el sambenito puesto. Bixenta me mira por encima del hombro, como si fuera superior a mí, y todo lo que tiene se lo debe al trabajo de noche de su marido porque su caserío no produce ni para el desayuno. Si no fuera por lo que trafica el otro, de qué iba a lucir ese collar y ese traje. Y Bene, ahí todo digno, con la urraca de su mujer y sus hijas que son más feas que un dolor, ni me mira ni me saluda, pero luego bien que viene a hacer negocios al bar. Y Bittori, otra, con aires de grandeza, pero su padre pasaba armas a los carlistas, esa caridad practica esta, la de enriquecerse a costa del sufrimiento de otros. Sí, yo también me beneficio de las idas y venidas, pero no hago daño a nadie y siempre que puedo ayudo a quien lo necesita. ¿Cuántos de estos podrían decir lo mismo? La de trapos sucios que podría airear yo aquí, también de los más jóvenes. En misa formalitos y formalitas, pero luego bien que vienen al baile y se aprietan y se esconden detrás del gallinero a besarse y tocarse. Lorena se gira y me sonríe. Esa sí que es maja y qué guapa está desde que se casó con Michel, otra pareja que salió de los bailes. No todos son tan hipócritas. El peor es el cura, que con su ejemplo los azuza contra mí. ¿Hasta cuándo vamos a estar así? Por mí, hasta la eternidad, yo seguiré insistiendo porque esta es mi casa tanto como la suya. ¿No dijo eso Cristo? ¿Que esta es la casa de todos? Y qué si estoy divorciada. ¿Dónde pone en la Biblia que no puedo comulgar? Yo mis cuentas con Dios las llevo al día, con la oración de cada noche. Y seguro que peco menos que este cura intransigente, ladrón y a saber qué más. Perdón, Señor, no debería estar pensando estas cosas durante la misa. Bueno, llega el momento. Se empiezan a levantar fila a fila y a salir al pasillo. Le hago un gesto a Lucien para que se quede sentado en el banco. Me mira con esos ojos grandes y expresivos en los que siempre esconde una pizca de miedo y mucha ternura. Salgo al pasillo, oigo los murmullos de siempre, bisbisbisbisbis, me pongo todo lo tiesa que puedo, subo la barbilla y con dos pasos firmes me coloco detrás de Lorena. Se gira y me vuelve a sonreír. Ya sabe lo que va a suceder. El cuerpo de Cristo, amén. El cuerpo de Cristo, amén. El cuerpo de Cristo, amén. Lorena ya lo ha recibido en su boca, el cura me mira por encima de su cabeza, Lorena se gira y levanta la vista, yo doy un paso al frente, estiro el cuello y abro un poco la boca, no mucho, el cura sujeta la hostia en el aire con un gesto ridículo, extendiendo el brazo como si se la estuviera ofreciendo a un pájaro que la tiene que coger al vuelo, dirige la mirada hacia la persona que está detrás, es Martín, que carraspea nervioso, aguanto unos segundos, los suficientes para seguir oyendo el murmullo de la congregación, alguna risita, el ruido de la incomodidad en los bancos, aguanto un poco más, estoy provocando, lo sé, el cura sigue con el brazo extendido, ahora parece un fascista, no sé si reír o llorar, ya está, doy por finalizado el espectáculo, cierro la boca, me doy la vuelta y con la cabeza bien alta y sin apurarme vuelvo a mi banco y me siento junto a Lucien, que me mira con carita de querer preguntarme algo. Qué pensará de todo esto con solo cinco años, ¿se dará cuenta de lo que acaba de pasar? Es tan sensible que es posible que algo entienda porque acaba de encontrar mi mano y me la acaricia con sus deditos. Me conmueve su dulzura. Ahora sí que me entran unas ganas inmensas de llorar pero no lo haré, no delante de esta gente. No daré mi brazo a torcer. El domingo que viene volveremos a representar esta comedia. Por mí, que no quede.

5

Las gallinas cada día ponen menos, y huevos más chiquitos, me parece que se han declarado en huelga por el calor. ¿Qué tortilla voy a hacer con esto? Oigo a Louis bajar por las escaleras.

–Buenos días, querida, ¿ya has visitado las gallinas?

–Sí, y mira qué porquería de huevos me han dado. ¿Cómo es que bajas tan pronto?

–Acabo de ver desde la ventana que se acerca Fidel con dos más.

–Qué tarde llegan hoy.

–Trae a uno colgado del hombro, así que igual han tenido un percance en el camino. Voy a echar un poco de helecho para que se puedan tumbar ahí detrás.

–Gracias, Louis. Salgo yo también.

Se acercan con cautela, mirando alrededor. No tienen de qué preocuparse, es demasiado pronto para que haya nadie en la estación y los huéspedes están en sus habitaciones, todavía queda un buen rato para el desayuno. Fidel carga con el chico, no tendrá ni veinte años, viene cojo, el pie que lleva al aire hinchado como una bota y en el otro una alpargata a punto de reventar. El otro, también muy joven, lleva un palo en cada mano, anda ligero y sonríe. Fidel se dirige directamente al gallinero. Descarga al cojo en la entrada y rebufa.

–¿Qué os ha pasado?

–Este, que se ha dado un zurriagazo de aúpa a mitad de camino y le hemos tenido que traer a turnos.

El joven herido levanta la cabeza y me mira avergonzado.

–Menos mal que este patas largas tiene buen aguante, que si no, no llegamos.

–El miedo aligera las piernas.

El mozo da un par de patadas al aire, como si estuviera bailando un aurresku, y luego se pone de cuclillas, al lado del amigo. Le da palmaditas en la espalda.

–¿Te los dejo? Tengo que tirar para San Juan de Luz y mira la hora que es.

Asiento. Louis ha estado en la parte de atrás del gallinero y sale a nuestro encuentro.

–Vosotros dos, meteos enseguida allá al fondo. Os he puesto helecho para que os tumbéis. En un rato os traemos algo de comer. Aquí chitón hasta la noche.

–Este chico necesitará que le miren el pie, no va a poder andar así.

Fidel se queda pensativo, Louis resopla. Sé que no le gusta la idea.

–Os mando un médico durante el día.

–¿De confianza?

–De qué si no, Louis. Hala, mañana paso y arreglamos cuentas.

Fidel sale del gallinero y Louis le sigue. Ayudamos al herido a incorporarse y lo llevamos hasta el fondo, lo tumbamos en el helecho. Le acerco una banqueta para que ponga el pie en alto, gime de dolor.

–Os voy a traer algo caliente y un analgésico. Seguramente es solo una torcedura, ya verás cómo se te pasa.

–Gracias, espero que tenga usted razón.

El otro joven se tumba al lado del cojo. No se le quita la sonrisa de la boca.

–Estás feliz de haber cruzado, ¿eh?

–No se imagina cuánto. Lo que me esperaba allá era peor que la muerte.

Prefiero no preguntar. Les dejo descansar y me voy a la cocina. Tengo que preparar el desayuno de los alojados y hacerles algo de consistencia a estos dos, que a saber cuánto tiempo llevan huyendo y sin comer. Los navarros, sobre todo, traen historias terribles, de ejecuciones, asesinatos en masa, incluso de mujeres y niños. Me espanta. También que en los pueblos los propios vecinos los señalan, sabiendo que los van a matar. Cada día pasan más a este lado. Tiempos extraños estamos viviendo y esto solo acaba de empezar. Les voy a calentar las alubias que sobraron ayer, seguro que las agradecen y mientras viene o no viene el médico, le hago yo un vendaje. A ver a quién manda, seguramente al doctor Sous. Fidel está muy metido en el trajín, anda yendo y viniendo mucho, desde que estalló todo al otro lado cada vez se dedica más a la gente y menos al producto. Malditas guerras que lo trastocan todo, ahora en vez de medias de seda se empezarán a necesitar pistolas y granadas. Y esta frontera, que tanto sufrimiento ha visto, lo que le queda por ver. Todavía por aquí no ha pasado ninguno, pero también llegarán esos judíos de los que hablan en los periódicos, que vienen desde Alemania porque allí les están quitando sus derechos, incluso el derecho a trabajar para que se mueran de hambre, y se vienen cada vez más al oeste. Parece que muchos están en París, pero las cosas no están fáciles allí tampoco, así que intentan llegar a España, a Portugal. Aunque ahora con la guerra tendrán que seguir huyendo, ¿a dónde?, se les acaba el continente, irán camino a Inglaterra o Estados Unidos. Y con cada frontera, un peligro. Pobre gente. Y algunos periódicos hablan de ellos como si fueran una plaga. Louis se empeña en comprar al menos un periódico de derechas durante el verano para que la clientela esté contenta, pero yo no les daría ni medio céntimo. Cada vez me duele más leer según qué cosas. Y se llaman cristianos.

El hotel está ahora tranquilo, hasta que vuelvan todos de las excursiones. Voy a ver qué tal va el herido. Suelto a Pintxo y se viene conmigo. Saluda a los muchachos como si fueran de la familia.

–Qué perro más majo tiene usted.

–Es más bueno que el pan, ¿verdad, Pintxo? Pero no te creas, es engañoso, lo tienes que ver cuando huele a alguien que no le gusta.

–Pues nosotros le hemos caído en gracia, igual es que me ve que aunque quisiera correr...

–¿Se te ha pasado algo el dolor? Parece que el tobillo está menos hinchado.

–Sí, el vendaje que me ha puesto usted ha sido mano de santo, habrá sido una torcedura nada más. No hace falta que venga un doctor.

–Bueno, no te vendrá mal que te eche un vistazo. ¿Estáis bien aquí?

–Sí, muchas gracias.

Se quedan los dos callados. El herido le hace un gesto a su amigo para que hable él. Barrunto qué me van a pedir.

–Estábamos pensando que, si necesita alguien aquí para trabajar... conque nos dé cobijo y algo de comida de momento...

–Ya lo siento, muchachos, pero no puedo ofreceros nada. Tengo a un casero de aquí cerca que trabaja el huerto en temporada, y a la hija de Fidel que me viene a echar una mano a las horas de las comidas. Más no me puedo permitir. Qué más quisiera. Hablad con él cuando vuelva. Conoce a mucha gente en todos los caseríos de la zona y luego tiene muchos contactos en Bayona, San Juan de Luz... también os puede ayudar a conseguir papeles.

–Pagando, claro.

–¿Cómo si no? A ver, majo, si quieres trabajar de criado por los caseríos toda la vida no necesitas papeles, pero si quieres una vida decente los tienes que tener y eso cuesta dinero, hay que pagar a gente...

–Claro, señora, lo entendemos y además estamos agradecidos por todo lo que han hecho. Este es que no se entera de cómo funciona el mundo. Las alubias estaban buenísimas, por cierto, muchas gracias.

–Veo que habéis rebañado el puchero. Dentro de un rato os traigo un poco de queso y pan.

–¿No tendrá algo de vino por ahí? Me vendría bien para el dolor.

–Deja de pedir, joder, que parece que has salido del seminario.

Se ríen y yo con ellos.

–Luego me paso. Os dejo, que tengo mucho que hacer.

Louis está ordenando el comedor, montando las mesas para la tarde.

–¿Qué tal siguen?

–Bien.

–¿Hasta cuándo se quedarán?

–En cuanto el muchacho se reponga, se irán. Creo que será pronto, ha sido solo una torcedura. ¿Dónde está Lucien?

–Arriba, ordenando el armario de la ropa de cama. Se ha empeñado él.

Sonrío y voy en su busca. Le encuentro con un pie en la balda más baja, estirándose y a punto de derrumbar una pila de sábanas.

–No llego, Ma.

–Está bien, pulguita, mejor que no llegues.

–Pero quería ordenar el armario.

–¿Por qué no vienes conmigo a las habitaciones y pasas el polvo?

–Pero es que prefiero el armario.

–Ya, pero el armario no te prefiere a ti. Anda, ven.

Me mira confundido unos segundos, coge mi mano y me acompaña a la primera habitación. En el pasillo están el balde, la escoba, el plumero, los trapos. Lucien coge el plumero y se hace cosquillas a sí mismo en la nariz. Entramos a la primera habitación.

–Ya sabes, no toques nada que no sea nuestro y cuidado con los frascos.

Asiente muy serio y comienza su baile habitual con el plumero en la mano. Es curioso cómo sus gestos me recuerdan cada vez más a los de Louis. Siempre me pregunto si estas cosas se heredan o se aprenden. Se le ve feliz ahora en verano, mucho más que durante el año. Por lo menos nos cuenta sus cosas, se ríe, incluso a veces juega con los niños que pasan por aquí. Y el otro día con Bixi y Manuel. Me asusté pensando que se estaban metiendo con él, pero estaban jugando, haciendo perrerías a algún insecto en la hierba. Me gustaría que se llevara bien con ellos, aunque sean mayores que él, igual así el padre dejaba de meterse con nosotros. Los dos hermanos merodean por aquí cada vez más. Se tienen que aburrir tan aislados en el caserío. Se mueren de ganas de venir a husmear, sobre todo los días de baile, pero el padre seguro que se lo tiene prohibido. Si son amables con Lucien, ya es mucho. Necesita sentirse querido o por lo menos aceptado más allá de estas cuatro paredes. Temo el momento que tenga que volver a la escuela, convencerle cada día, acompañarle hasta la puerta para asegurarme de que no se da la vuelta corriendo para regresar a casa.

Pero no, no voy a pensar eso ahora, voy a disfrutar viéndole feliz como un cachorrillo.

Es la hora de las meriendas y empieza a volver la gente de las excursiones. Aurora está acabando de preparar las galletas y los sándwiches en la cocina, voy sacando los cafés. Ahí está la señora de las joyas y el traje blanco, con el marido que parece un pincel. Vienen del otro lado, pero se ve que a estos no les afectan la guerra ni las fronteras, qué comparación con los dos muchachos del gallinero. Estos habrán subido a la cumbre y se habrán pasado el día sentados en la terraza del Imperator, tomando el aperitivo y el almuerzo, sin mancharse ni mezclarse con el pueblo. Y ahí está la pareja joven que parecen alpinistas profesionales. Estos sí que habrán recorrido monte. Me he quedado de piedra cuando me han dicho que ellos no quieren subir en tren, que eso es un atentado contra la naturaleza. Hay gente para todo. Entra Fidel. Habrá dejado al médico con los muchachos. Me hace un gesto para que me acerque.

–No te voy a molestar. No he encontrado médico. ¿Cómo sigue el mozo?

–Está bien, no te preocupes. Vete a ver si quieres, pero precaución que no te vean entrar.

Me mira con aire de fastidio. Es verdad, está de más pedirle precaución a Fidel. Sigo atendiendo. El marido de la de las joyas me mira con mala cara y parece que tira cuchillos a la espalda de Fidel según sale por la puerta, como si supiera quién es y a qué ha venido.

Ya está todo recogido y tranquilo. Aurora se ha ido, los huéspedes descansan en sus habitaciones. Voy a ver si necesitan algo más los muchachos. Pintxo me saluda, le suelto para que venga conmigo. Entramos en el gallinero y susurro soy yo, tranquilos. No hay respuesta. Llego hasta el fondo. Nadie. Toco los helechos, están fríos. Se han ido hace rato. Se los habrá llevado Fidel. O Aurora. Está bien. Louis dormirá más tranquilo.

***

Me despido de Louis y doy un beso a Lucien. Cojo el morral, la vara y salgo. Son las ocho y ya está todo completamente oscuro. Bajo ligera por la carretera, en cinco minutos llego al sendero de la izquierda. Lo tomo. Un poco más adelante veo una sombra. Es Peio, hoy sin fardos. No nos saludamos. Peio echa a andar y yo le sigo de cerca. Apenas se oyen nuestros pasos, el suelo está húmedo pero no embarrado. La noche va a ser muy fría. La ida será mala pero la vuelta seguro que es peor. Menos mal que he traído alpargatas de repuesto. Tengo que prestar atención, recordar cada detalle del camino. No es lo mismo hacerlo de día que de noche. Me doy cuenta de la diferencia cuando echo a andar y uso el palo para guiarme más que para apoyarme, como los ciegos. Hasta que empiezo a ver en la noche. A eso también se aprende. Estamos en la boca del lobo. De día pierdo detalles porque hay tanto que mirar que al final acabo despistándome. De noche me fijo solo en lo que se ve o se vislumbra, en las marcas que van a estar ahí incluso en la noche más oscura, como la de hoy. Me pregunto si Peio me hablará en algún momento, parece que no. Una de las normas es el silencio, en el monte y fuera de él. No hacer preguntas. No abrir los sobres de los documentos. Oír, ver y callar. Peio va muy ligero hoy. Lo normal es que aproveche el viaje para pasar algún paquete, pero hoy, como yo, solo lleva morral. Dentro seguro que la petaca con coñac.

Este sin lingotazo no puede estar. Me he despistado un poco. No sé si hemos dejado atrás la segunda desviación. Creo que todavía no, no hemos acabado de subir. Peio solo lleva zamarra y parece que le sobra. Mientras que yo, con toda la ropa que me he puesto y el ritmo que llevamos, aun siento algo de frío. ¿Por qué seré tan friolera? Según Louis porque no tengo nada de grasa, tendría que hacer como él y acumular reservas. Aunque últimamente está adelgazando mucho, deben de ser las preocupaciones. Respiro hondo e intento identificar los olores. Huele a humedad, a barro, a musgo. A noche fría. A invierno. Cristales en los pulmones. Vaho en el aliento. No me canso, sigo bien a Peio. Estoy hecha a estos montes, los llevo en mí. Cuatro años tendría cuando hice el primer paso, de la mano de madre y con los bártulos desde Oiartzun hasta Senpere. Pocos bártulos eran. Madre siempre lo contaba, una de sus retahílas, nada tenían salvo lo puesto, unos cacharros de cocina, dos niñas y un bebé. Tengo algún recuerdo de esa madrugada, padre cerrando el caserío, madre ayudándole a ponerse el paquete, el llanto del pequeño José Ramón en medio del bosque, madre asustada intentando calmarle, dolor de pies, alpargatas rotas.

Dejamos a la izquierda el desvío, de noche apenas se distingue, mejor, así no me equivoco y no lo tomo sin querer. Descendemos. Cambia el olor, atravesamos zona de roble. Cuidado que las hojas resbalan. Los animales deben de estar a cobijo. No se escucha ni un ulular, ni el crujir de una rama, solo nuestras pisadas y el ruido de nuestras varas de vez en cuando contra la maleza. Peio no se da la vuelta ni una vez. No lo necesita. Tiene un oído tan fino que seguro que sabe a cuántos pasos estoy de él. Es fácil este camino, casi en línea recta. Hay que estudiar otros, por si acaso, pero de este lado no se deberían complicar las cosas. Lo peor viene después, pasado el caserío hasta llegar al río y, sobre todo, una vez que lo cruzan. Pero eso ya no es asunto mío. Yo voy al caserío, recojo lo que sea y vuelta a casa, a esconderlo hasta que pasen Fidel o Aurora a buscarlo. Qué muchacha, esta Aurora, qué arrestos tiene. Parece que al final sí se va a Bayona para estar más cerca de los mandamases que mueven todo desde allí y recibir órdenes directas. Cualquier misión que le den la cumplirá con creces porque además de valiente es más lista que el hambre.

Voy a empezar a aprovechar estos viajes para colocar algún producto, como hace Peio, y así me llevo también ese extra. Puedo seguir con lo mismo que compraba en Bayona y San Juan de Luz: medicinas, agujas de coser, lo que se tercie. Puntillas, medias y esas cosas no, que pesan y abultan y ya no se venden tan bien. Será la guerra. Se ve la luz del caserío a lo lejos. Todavía no vemos el balcón, si hay sábana o no. Peio acelera el paso un poco, se nota que tiene ganas de llegar. Él tiene que continuar hasta el otro lado. Le sigo bien, pero no me gusta correr cuesta abajo, una forma tonta de darte un traspiés o tener un resbalón. Avanzamos rápido, si hubiera sábana ya veríamos el blanco resplandecer. No hay nada, ningún aviso, así que seguimos adelante. Escuchamos un par de ladridos. Peio silba y el perro calla. Ya se conocen. Nos acercamos por la parte de atrás y el portón de los animales se abre. Entramos a cobijo. Huele a oveja, a café y a cama de helechos. Descansaré un rato, me cambiaré las alpargatas y poco después de media noche estaré de vuelta en casa. Peio se recuesta sobre el helecho, saca la petaca y echa un trago. Se abre la puerta que comunica con el caserío y sale Axun con un cazo de café y unos cuencos.

–Ahí tienes lo tuyo, Maddi –me dice señalando con la cabeza un sobre abultado.

–¿Y lo mío?

–Parece que tienes que esperar.

–Os dejo aquí el café. Me voy a la cama. Si queréis cualquier cosa, entrad en la cocina, pero no encendáis la luz, que está todo muy revuelto, no quiero que vuelvan los gendarmes.

Nos quedamos en silencio tomando el café.

–¿A qué tienes que esperar?

–No lo sé. Cuando aparezca lo que tiene que aparecer, lo sabré.

No está conversador Peio, nunca lo está, pero me da igual.

–¿Cuánto llevas en esto, Peio?

Apenas le veo en la oscuridad de la cuadra, pero sus ojos brillan lo suficiente como para saber que me está mirando.

–Desde que tengo uso de razón.

Hace una pausa tan larga que creo que no va a continuar, pero sigue:

–En realidad empecé trabajando de criado en caseríos, pero esa vida no era para mí. Enseguida me puse a acompañar a un tío que tenía yo en Lesaka, que pasaba animales, pronto me cansé del tío y de los animales y empecé por mi cuenta. Y hasta ahora. ¿Y tú? No se ven muchas mujeres haciendo esto.

–No soy la única. Mira Aurora, la hija de Fidel.

–Ya, pero esa es joven y mira el padre que tiene. Tú, con tu edad, con el hotel ese tan sofisticado...

–Bueno, tan vieja no soy. No he cumplido los cuarenta. Y el hotel no da tanto dinero como parece.

–Para hacer esto hay que tenerle cierto gusto, si no te hubieras buscado otros ingresos o te conformarías con vender de tapadillo en el bar, como todos.

–No lo había pensado. Sí le estoy cogiendo gusto, la verdad. Y tampoco me molesta lo que nos pagan por andar con estos sobres de aquí para allá.

–¿Sabes qué hay en ellos?

–Información.

–¿Quieres saber más?

–No.

–Bueno, si en cualquier momento te atreves a ampliar el territorio, ir más allá de este caserío, me avisas. Ahora creo que es mejor que te vayas.

–Porque llega eso que estás esperando.

–Porque llega la hora de los lobos. Anda, mujer, aligera y hasta la próxima.

–Ya me voy, ya me voy.

Salgo de nuevo a la noche y tomo el camino de vuelta. Cuando estoy a unos trescientos metros del caserío me giro y veo varias sombras acercándose. ¿Tendrán una reunión secreta? ¿Tendrá que pasar Peio a ese grupo de personas? Si es así, ¿quiénes son? Igual hombres que intentan volver al frente. Sigo mi camino, ahora algo más insegura sin la presencia de Peio delante de mí. Pero no voy a perderme. No voy a salirme del sendero, no voy a mirar a los lados. Escucharé el sonido de la noche sin imaginar alimañas ni gendarmes. Así, Maddi, con pie firme, con el sobre bien apretado contra la carne para no perderlo, para darme calor con él. Si me entra el miedo, rezo un rato, eso es, que Dios me acompañe. En qué berenjenales me meto, ¿verdad, Señor? Pero esto no es pecado. Este sobre es muy grande, hay mucha información valiosa aquí dentro. Serán mapas, planos, posiciones militares o listas de detenidos, fusilados. He mentido a Peio. Sí quiero saber, por eso me pudo la curiosidad y rasgué un poco el último sobre que pasé. Nombres de detenidos vascos y las cárceles donde los habían enviado. Debían de ser cientos porque había varias hojas. Pero no lo vuelvo a hacer. La bronca que me echó Fidel, nunca le había visto tan enfadado. ¡Loca! ¡Imprudente! ¿Cómo se te ocurre? No sé qué explicación dio, que con tanto trajín se había rasgado, imagino que diría. ¡Mujer tenías que ser! Me decía el muy castrón. A ver, si contaran un poquito más sobre los encargos una no tendría que estar hurgando donde no debe.

Qué buen ritmo llevo. Y el otro me dice que no soy joven como Aurora. Pues no, pero las piernas y los pulmones los tengo igual o mejor que ella. Pero en algo sí tiene razón. Y es que esto me gusta. Me gusta ser parte de algo más grande, no conformarme con esa pequeña vida del hotel, sacar la nariz, husmear qué se cuece en las sombras, en estos senderos que solo andamos algunos y de noche. Sí, qué narices, claro que lo disfruto. Ya veo a la derecha las luces de Sara. Sigo por aquí, sin desviarme, y bordearé el Larrún, ahora totalmente a oscuras con el Imperator cerrado. En nada estoy en casa. Dejaré el sobre a dormir con las gallinas. Para cuando despierte, ya habrá desaparecido.

***

Marie Jeanne me recuerda a mí cuando tenía su edad. Aunque ella es más alegre. Ha tenido suerte de nacer de las últimas. Carmen y Jean Fermin pensarían que entre tanto hermano la niña estaba más que vigilada, y al final ha crecido libre y algo salvaje. Se nota que está acostumbrada a hacer lo que le da la gana, pero al mismo tiempo es una chica responsable. Sé que puedo contar con ella para lo que haga falta. Veintiséis años le llevo, podría ser su madre o su tía, aunque seamos primas. Todo el mundo la llama mi sobrina, algunos dicen que nos parecemos, pero yo nunca he sido tan guapa como ella ni tan femenina. No tiene esta quijada que tengo yo y, aunque algo grande, su nariz no llega a las dimensiones de la mía, de cuerpo es más menuda, delgadita, su pelo castaño casi rubio. Lo que sí tenemos parecido son los ojos, no muy grandes pero expresivos y tirando a verdes. Aunque ella tiene una inocencia y una alegría en la mirada que posiblemente yo nunca tuve. Me encanta cómo se ríe y cómo canturrea constantemente. Ojalá no pierda nunca la frescura. Yo haré todo lo posible para que así sea, para que nadie le robe la vivacidad y las ganas de disfrute. No hay más que verla en el baile, el garbo y la gracia que tiene. Los chicos andan como moscardones alrededor de ella, pero Marie Jeanne no se compromete con ninguno. Así me gusta. Me alegra que Carmen decidiera enviarla aquí. No es que tengamos mucho trabajo en el hotel, la verdad es que cada vez el negocio está más complicado, pero por lo menos se hace cargo de Lucien, le cuida bien y se divierten juntos, y a mí me ayuda con el mantenimiento y el orden de las cosas. Tengo que estar pendiente de los encargos de Fidel y ahora la situación se va complicando con las nuevas redes, aparece gente continuamente con documentos, información, con servicios para recoger enlaces y llevarlos a este o aquel caserío. No sé si me atrevería a pasar gente, pero con la documentación no tengo problema. Voy ligera, a buen paso, poco más de dos horas hasta el caserío, otro tanto de vuelta. Cruzar ya le he dicho a Fidel que no y más allá del caserío, tampoco, a no ser que haya mucha necesidad. Da la sensación de que todos andamos en lo mismo, pero lo que no tengo muy claro es para quién trabaja quién. Mi referencia es siempre Fidel, si viene a través de él, no me preocupa, como si viene a través de Peio. Pero no siempre está tan claro. Tengo que actuar con prudencia y sopesar bien los riesgos.

Ha sido buena idea arreglar el trastero de arriba y hacer la habitación ahí para Marie Jeanne y Lucien, ya me pesaba tenerlo en el cuarto y no podíamos prescindir de una habitación para dársela a ella. Mejor que esté a este lado del edificio, no con los huéspedes. También quiere que traigamos a Pierre, son uña y carne, pero de momento no tengo en qué emplearlo ni sitio para meterlo, a no ser que se empiece a encargar él del huerto y de las chapuzas. Pero con Antoine me arreglo muy bien y es tan buen hombre. No quiero prescindir de él. Aunque Pierre se ofrece a dormir arriba en la borda, no voy a tener así al muchacho, a Carmen y a Jean seguro que no les haría ninguna gracia, aunque igual prefieren que se venga en esas condiciones y quitarse una boca más, que todavía tienen a ocho en casa. Qué manía de llenarse de hijos. Le preguntaré a José Ramón si tiene algún trabajo para él, aunque se enfade la tía Carmen.

6

Si este médico dice lo mismo que el doctor Sous no habrá nada que hacer. Lo sabe Louis tan bien como yo. ¿Por qué nos hace esperar? Llevamos un buen rato sentados y somos los únicos en la consulta. Dentro no se oye a nadie. El doctor Sous insistió en que Louis volviera a hacerse los análisis y se los enviara a este, que es especialista en enfermedades de la sangre, con la esperanza de haberse equivocado en el diagnóstico. Pero poca esperanza hay si ya Sous, antes de hablar con nosotros y darnos la noticia, consultó con no sé cuántos colegas y especialistas. Igual quiere que lo oigamos por boca de otro, que no quede sombra de duda, que nos vayamos haciendo a la idea. Miro de reojo a Louis. Está demacrado y tan triste que apenas se reconoce en él al hombre que era hace nada, lleno de energía y de vida. Le puede la fatiga y ha adelgazado mucho, dicen que dos síntomas de la enfermedad. Por fin la enfermera sale de la consulta y nos hace pasar. El médico nos recibe sentado, con el grueso expediente de Louis abierto sobre la mesa. Parece mentira que en solo unos meses, de ser un hombre sano, ahora estemos aquí, frente a ese taco de papeles y este médico con cara seria y de malas noticias. Nos saluda. Respondemos tímidos. Nos indica que nos sentemos. Nos mira en silencio durante lo que parece una eternidad. Cojo la mano de Louis. Está mojada por el sudor.

–Lo siento mucho, señor Nicolas, pero solo puedo confirmar los informes del doctor Sous. Tiene usted una enfermedad de la sangre para la que no se ha encontrado cura.

Louis echa el aire que ha estado conteniendo durante unos segundos y casi escupe al hablarle al doctor.

–Y qué hago entonces, ¿esperar a morirme?

Me suelta la mano con un gesto brusco. Saca un pañuelo del bolsillo, se seca la frente con él.

–No sabemos cómo va a evolucionar. Le podemos ayudar si empieza a sentir dolor de huesos, hay tratamientos de morfina...

–¿Y a qué se debe?

Es raro en Louis este tono abrupto. Le pongo la mano sobre el muslo y no me la retira.

–Eso tampoco se sabe, es posible que tenga la enfermedad desde hace tiempo y no se haya manifestado hasta ahora. Permítame que le haga una pregunta personal, ¿combatió usted en la guerra?

Duda unos segundos antes de contestar. Es una pregunta extraña que no se esperaba. Yo tampoco.

–Sí, no la hice entera porque soy del 78, pero me comí los dos últimos años, en realidad casi tres. ¿Qué tiene que ver?

–Posiblemente nada, pero últimamente me estoy encontrando hombres de su edad y más jóvenes, hombres que deberían estar todavía sanos, con alguna variante de cáncer severo. Los hombres que combatieron y sobrevivieron la guerra.

Noto que los hombros de Louis se relajan y caen, inclina la cabeza.

–Esa guerra nos destrozó a todos, por fuera y por dentro. Usted sirvió, imagino.

El doctor asiente.

–Sí, fui médico de campaña y estuve una temporada en el hospital de Biarritz. Allí de hecho conocí al doctor Sous.

Hace una pausa larga, como si se hubiera quedado en el recuerdo de ese hospital. Vuelve a mirar el expediente antes de cerrarlo.

–Lo siento mucho, señor Nicolas, siento no haberle podido dar mejores noticias o, por lo menos, responder a sus preguntas.

Ya no queda nada en la actitud agresiva de Louis. En cuestión de minutos ha pasado de la rabia a la resignación.

–Igual me puede responder a esta: ¿cuánto tiempo me da usted?

–Pues tampoco sé decirle, señor Nicolas. Pueden ser meses, un par de años, incluso más. Hay pacientes que conviven con la enfermedad durante mucho tiempo.

Hasta ahora se ha dirigido solo a Louis, ahora me mira a mí y me sonríe.

–Intenten disfrutar la vida sin pensar demasiado en el futuro.

Habrá pensado que somos pareja. Lo parecemos. En realidad seguro que nos tratamos con más cariño que muchas parejas que pasan por aquí. Vuelvo a agarrar la mano de Louis. Nos quedamos sentados, esperando a que diga algo más. Pero el doctor pone las manos sobre el expediente cerrado, se echa contra el respaldo de la silla, se quita las gafas y las deja sobre la mesa.

–Lo siento, no tengo más consejos.

Me levanto yo primero, apoyo mi mano sobre el hombro de Louis. Dejo que se tome su tiempo. Por fin se levanta, da las gracias al doctor. Yo también lo hago. Salimos de la consulta. Fuera nos espera el coche que nos lleva de vuelta a casa.

Hacemos el trayecto sin hablar, con las manos enlazadas. Desde que le diagnosticaron apenas hemos hablado del tema. Respeto su deseo, no quiere que se lo diga a nadie, ni siquiera a Marie Jeanne y menos a Lucien, pero el niño sabe que algo pasa y la chiquilla también. Se dan cuenta de la tristeza, de la preocupación. Y no solo por Louis. Está todo tan revuelto. Nada está en su sitio. Qué vamos a hacer cuando Louis empeore.

Cenamos los cuatro en la cocina después de dar la cena a los huéspedes. A Lucien hace rato que se le cierran los ojos.

–Termina la leche y vete ya a dormir, pulguita.

–Que no, Ma, que me quiero quedar.

Marie Jeanne se levanta, se pone detrás de la silla de Lucien y le alborota un poco el pelo.

–Venga, Lu, vente conmigo.

Lucien hace un puchero pero obedece. Nos da un beso a cada uno y se va arrastrando los pies. Marie Jeanne nos desea buenas noches. Louis me mira serio.

–He estado pensando.

–Bien.

–Y necesitamos regularizar las cosas.

–¿Qué cosas?

–Yo me puedo morir mañana.

–No te vas a morir mañana.

–Entonces me moriré pasado, pero me voy a morir pronto, Maddi, tenemos que aceptarlo.

No puedo llevarle la contraria y al mismo tiempo no quiero darle la razón.

–Nos conocemos desde hace más de diez años. Nos queremos más que si fuéramos hermanos. Has sacado este hotel adelante, a pesar de mí, que solo hago estorbar. Y entre los dos estamos criando a Lucien.

–Sí. Y tu enfermedad no cambia nada de esto.

–Lo cambia todo, Maddi, ¿no te das cuenta? Cuando yo me muera van a pasar varias cosas que no queremos, aparte de morirme: me saldrán familiares de debajo de las piedras que querrán heredar mi dinero y este hotel y a Lucien se lo llevarán porque en teoría este niño no es nada tuyo. ¿Entiendes por dónde voy?

–Lo intuyo.

–¿Y qué me dices?

–No sé qué decirte.

–Pues lo digo yo por ti. Nos casamos y reconoces a Lucien como hijo. Eso garantiza tu seguridad, tu futuro y el del pequeño. No hay otra opción, Maddi, a no ser que te quieras quedar en la calle y que Lucien acabe en cualquier lado.

–Cómo nos vamos a casar, tú con casi sesenta años, yo con cuarenta y uno. Es ridículo, absurdo.

–Vamos al ayuntamiento, firmamos y listo. Ni siquiera lo tenemos que anunciar. Y con la misma, reconoces al chiquillo. Y cuando me muera, que vengan a reclamar. Aunque yo haría una fiesta por todo lo alto. Fiesta de despedida.

–No me hace ninguna gracia.

–Anda, no te pongas morrona. Piénsatelo si quieres, pero creo que no hay nada que pensar. En cuanto me digas, hablo con Leremboure para aclarar qué papeles necesitamos.

Louis se levanta de la mesa, recoge los cacharros y los deja en el fregadero. Me da un beso en la frente de buenas noches y se retira a su habitación. No tengo ninguna objeción a lo que me propone. Mentiría si dijera que a mí no se me había pasado por la cabeza, aunque nunca me hubiera atrevido a plantearlo. Más de una vez lo he pensado, si a él le pasara algo me quedaría con el culo al aire y el crío desamparado. Ese miedo es ahora certeza. Voy a fregar. Y a dar gracias a Dios.

Abro con el llavín el cajón de la cómoda. Hace mucho que no leo el documento, me he ido olvidando de él y todo lo que significa. Aquí está. «Firmado en Ziburu, el 30 de noviembre de 1928, por culpas y responsabilidades recíprocas de ambos cónyuges y con el acuerdo de que la esposa no recibirá pensión ni manutención por parte del marido. Cada parte correrá con los gastos incurridos en la solicitud». Lo fácil que parece todo resumido en un papel, lo difícil que fue llegar hasta ahí. Me pregunto cómo le irá a Nico, seguro que se volvió a casar y que tiene un montón de hijos, todos los que quería y yo no le di. Seguirá trabajando de carpintero en tierra y en mar, seguirá siendo lo que llaman un buen hombre, salvo cuando le da a la botella. Tantos años después y todavía se me encoge el estómago al recordar algunas cosas. Fría, beata, seca, bruja, fea, palo tieso. No fue fácil explicarle al juez por qué no podía continuar casada con él, la humillación de contar cosas tan íntimas. A él no le dio ningún reparo defender su derecho de varón, hablar con desprecio de mi incapacidad de concebir, ilustrarlo todo con insultos. Amargada, frígida, marimacho, caballo. Si hubiera sabido lo de las hierbas qué no me habría llamado. Pero yo ni podía ni quería. Si al principio me hubiera quedado embarazada lo habría tenido, qué remedio, no habría encontrado ninguna excusa más que la pobreza y esa excusa parece que nunca es suficiente. Que se lo digan a la tía Carmen, que ha parido quince y son más pobres que las ratas. Pensaba entonces que lo que pasaba entre nosotros era normal, que después de la etapa del romanticismo venía la realidad y que dentro de esa realidad el trato que me daba Nico era aceptable. Cuánto disfrutaba yo cuando se iba a la mar y me quedaba sola, aunque tuviera que trabajar como una mula, pero entraba y salía cuando quería, no tenía que dar explicaciones de en qué gastaba, por qué hacía esto o lo otro y de vez en cuando me daba una alegría y me iba a un baile donde nadie me conociera a divertirme de lo lindo. Qué error fue casarme, pero qué iba a saber yo que el matrimonio era eso. Lo tenía que haber sabido, el ejemplo lo tenía en madre, pero me creí que yo iba a manejar las cosas de forma diferente, que Nico era un bonachón que no se metería en mis asuntos. Ja, bonachón, de puertas para fuera, como todos. Qué tonta fui. Y la vida íntima, qué sabía yo lo que era eso, eso se lo tendrían que explicar a todas las mujeres con pelos y señales. Qué asco, joder. Yo me esforzaba, al principio, porque creía que el problema estaba en mí y que él me quería y de ahí su hambre. Y es muy posible que sea yo, que sea yo el problema, porque nunca he sentido deseo por un hombre, por Nico era cariño al principio, algo de compañía en medio de tanta guerra, tanta muerte y desolación, y, tengo que reconocerlo, una seguridad, la necesidad de sobrevivir y salir de la miseria, muchos motivos que una chavala de veintitrés años puede tener, pero lo que no tenía yo era deseo de estar todo el día entre las sábanas. A Louis tampoco le he querido nunca de esa manera, tras todos estos años de amistad, nunca ha saltado la chispa, ni por su parte ni por la mía, todo hay que decirlo. Igual es que no me he cruzado con el hombre adecuado, igual es que lo de Nico me estropeó para siempre, porque mucho asco me daba todo aquello. Y mucho dolor. Y para colmo ese sentirme doblemente en pecado, por no querer concebir y por engañarle a él. Todavía creo que mi cuerpo lo rechazaba con tanta fuerza que no me quedaba preñada. Y venían los insultos, los desprecios, incluso delante de los conocidos, sobre todo cuando estaba bebido. La mano no me la puso encima, igual porque sabía que si lo hacía se la iba a devolver. Cuando empecé a barruntar la posibilidad de separarnos me entró pavor de que al fin me quedara embarazada y que con un hijo de por medio todo se complicara más, así que tomaba las hierbas. Esa fue la mejor manera de convencerle: búscate a otra que te quiera mejor que yo y que te dé hijos. Gracias a Dios que tenía mis trabajos, por muy malos que fueran, y que nunca tuve que depender económicamente de él. Eso, y no tener hijos, dos grandes aciertos que ante el juez me convertían inmediatamente en mala esposa, mala mujer, mujer inútil. Estoy convencida de que nos concedió el divorcio porque le dio pena él, no yo, que tan mal estaba que incluso llegué a pedirle a Dios que no volviera de la mar. Todo esto lo pienso ahora. Entonces mi único pensamiento era encontrar la forma de irme y lo conseguí. Sorprendí a todos. Nadie me entendió. Una mujer de misa semanal como yo. Don Braulio fue el único que me animó porque conocía todos mis secretos por la confesión, incluso lo de las hierbas, y no era de los que creía que el sufrimiento nos lo manda Dios para que lo aceptemos sin más, sin luchar contra él. Ya me avisó de que no podría volver a comulgar, pero estaba convencido de que mirar por la dignidad de una es un derecho y una obligación y quererse cuando nadie, salvo Dios, te quiere, también. Qué pena que muriera don Braulio. En tiempos como los de ahora se necesitan curas como él, que por desgracia bien pocos hay. Padre y madre todavía creen que estoy en pecado mortal. Llevan años escuchando los rumores, siempre hay alguien que se encarga de contarles el último escándalo. Cuando nació Lucien se pensaron que era mío, incluso igual todavía hoy lo piensan. Siempre han creído a los de afuera antes que a mí. Si no fuera tan doloroso tendría gracia esta reputación que tengo, de puta para arriba, la del «muslo entretenido», como si me abriera de piernas al primero que pasa por aquí. La última es que a Louis se la pego con Fidel porque, claro, todo el mundo piensa que Louis y yo vivimos arrejuntados, que se la pego con Fidel y con Peio y ni sé con quiénes más, incluso con alguno que no conozco. Cuando se enteren de que nos casamos dirán que por fin me he salido con la mía y he atrapado al pobre Louis.

***

En la mesa del mus comentan los sucesos del otro lado. Hasta aquí ha llegado el ruido de los morteros y los obuses. Parece que ha habido una refriega bien gorda por la zona de Bera. Incluso los de la estación han venido a revisar las vías en la cumbre para ver si ha habido daños. Dicen que algún obús ha llegado hasta el Imperator. Menos mal que está cerrado y que no había gente allí, si no se podía haber armado una buena. Estaré atenta estos días porque seguro que comienza otra oleada de huidos. Podría saber el curso de la guerra sin leer los periódicos, solo con observar la gente que pasa y por dónde. Al parecer era fuego fascista, van a tener dominada la región en menos que canta un gallo.

Hoy está Liborio. Este se pasa el día de un lado a otro y conoce bien la situación, pero suelta poca prenda. Por algo nunca le han pillado. Ahora está de miranda, le voy a hacer una señal para que se acerque. Me ve. Aquí viene con la boina calada y el ceño fruncido, como siempre, pero me saluda cariñoso.

–Qué hay, maja, aburrida estás hoy.

–Pues sí, Liborio, ya me ves, mano sobre mano.

–Está la cosa fea.

–¿Cómo lo ves al otro lado?

–Pues mal, cómo lo voy a ver.

Me mira con sus ojillos de zorro. Está un poco mayor para tener la profesión que tiene, por eso dicen que ahora solo pasa medicinas, piedras de mechero, sacarina, cosas menudas, pero antes era de los que llevaba fardos de veinte kilos y más.

–Muy tranquilo le veo a Crisóstomo echando la partida con vosotros. ¿Consiguió ya los papeles?

–Sí, de aquella manera, pero algo tiene para enseñar si se lo piden.

–Pues suerte ha tenido porque la mayoría, ni eso. Cuéntame, Liborio, ¿cómo está el terreno estos días?

–¿En qué andas que estás tan preguntona hoy?

–En nada, queriendo saber.

–Pues quien mucho quiere saber, poco y al revés.

–Anda, Liborio, que sabes que aquí hay confianza.

Se acerca apoyándose en la barra y baja la voz. Innecesario, todos los que se sientan en torno a la mesa de mus están en lo mismo.

–Si no te acercas al río ni a la carretera, bien, de momento los gendarmes no salen al monte. Pero ya bajando al Bidasoa hay que andar con cuidado. Y al otro lado, ni te cuento. Eso es un sindiós. Ya uno ni sabe quién es quién, hay que andar con mucho ojo. Pero tú solo bajas hasta Lizuniaga, ¿no?

–Quien mucho quiere saber, poco y al revés.

Liborio suelta una carcajada, me da un par de palmadas en la mano y se vuelve a mirar la partida. Entro en la cocina a poner el puchero con las alubias en remojo. Louis lee el periódico, sentado en su silla junto al fuego, ajeno a todo. Lucien está a sus pies, jugando con el trenecito de madera que le trajo José Ramón, tan absorto que ni me mira al entrar. Louis apenas levanta la cabeza, me sonríe.

–Ya me llamarán si quieren algo más.

–Lo dudo, suena como que están acabando la partida y está anocheciendo. Se retirarán pronto.

Louis está más atento de lo que parece. Tiene razón, tardarán poco en irse, hoy no piden una tortilla o un lomo frito. Se pasan la tarde aquí con un par de cafés, pero por lo menos animan el lugar y me voy enterando de cosas. Son los mismos de siempre, Juanchito, Liborio, Peio, de vez en cuando aparece alguno nuevo, sobre todo jóvenes como Crisóstomo. Vienen del otro lado, algunos tienen todavía el susto en la cara, muchos se van para San Juan de Luz o Bayona. Ahí está Aurora, con los del Servicio. A Fidel no le hace mucha gracia. No se fía de ellos, dicen que van a lo suyo y que su solidaridad es solo con los propios. Y él está para ayudar a todos y, bueno, también para cobrar de todos y no estar sujeto a las órdenes de nadie. Todo hay que decirlo. No hay nada de malo en ello, yo también prefiero trabajar por libre. Pero Aurora le ha salido con sus propias ideas. O sea, igualita a él. Voy a sacar las ollas y darles una pasada. Y mañana puliré los cubiertos. Hay que aprovechar los días lentos.

Oigo el ruido de las sillas, parece que ya se levantan. Me llaman. Salgo de la cocina. Van despidiéndose todos. Me han dejado las tazas y los vasos en la barra. Liborio es de los últimos, se acerca y, a través de la barra, me da un par de cachetes suaves y me hace un guiño. Me sorprende su gesto, me conmueve esa forma peculiar de demostrar que me tiene cariño. Oigo sus voces y risas unos minutos más ahí afuera. Unos se irán en bicicleta, otros andando. Aunque alguno tendría lo suficiente para comprarse un coche, estos solo se fían de sus pies o, como mucho, de las dos ruedas. Silencio absoluto. Vuelvo a la cocina con Louis.

–¿Os apetece un tazón de leche caliente?

Los dos asienten.

–¿Y tortilla para cenar?

Vuelven a asentir, sin entusiasmo. Nos hemos quedado muy solos este final de año, con mucho frío y poca esperanza. Si Dios quiere tendremos los papeles solucionados a principios de enero. Ojalá Louis siga estable, que no empeore. Ahora lo veo bien, incluso le ha mejorado el humor, no está tan retorcido, aunque no sé si la tristeza es mejor que la rabia, porque triste está. Se nota la ausencia de Marie Jeanne, su risa cantarina, sus bromas y juegos con Lucien, pero es normal que se haya ido a donde los padres a pasar las fiestas, aquí no hay nada que hacer, tenemos las habitaciones cerradas y para el bar y el restaurante me arreglo sola hasta que vuelva.

***

Qué bien hemos empezado el año, Señor. Seguro que estás de acuerdo conmigo porque te gustan las cosas bien hechas y dijiste eso de al César lo que es del César y a Dios lo que es de Dios. El primer papel ya está firmado. Desde hoy, 14 de enero de 1938, soy oficialmente la madre de Lucien Cyrin Nicolas. A mis cuarenta y dos años. Y dentro de un par de semanas firmaremos el matrimonio, solo faltaba arreglar el lío de mis apellidos, a cuenta de la confusión con los apellidos de padre, que en algunos sitios consta el de la inclusa y en otros el de adopción, pero ya está todo aclarado. A partir del 27 de enero seré María Josefa Nicolas. Después de ver el texto que nos ha enseñado la secretaria del alcalde y que será el que conste en el certificado de matrimonio, estoy más convencida de que he hecho bien aceptando la propuesta de Louis. Por mucho que le he dicho que de profesión ponga, como Louis, hotelera, se ha negado en rotundo y ha puesto ama de casa porque, según ella, en ningún sitio consta que el hotel sea mío o que yo sea beneficiaria. Y eso que tenía a Louis a mi lado y que la propia secretaria sabe que lo llevo regentando casi diez años. Pero a lo que iba, Señor, que este matrimonio es lo que es y por eso no estaría bien que nos casáramos en la iglesia. No es que la Iglesia lo fuera a permitir, si no me deja ni comulgar, pero es que yo tampoco lo querría, ni tú, Señor, porque esto es un contrato o un seguro de vida, no sé, pero no es un matrimonio cristiano. Así que al César lo que es del César.

Te pido como siempre por Louis. El invierno no le sienta bien. Está frágil, muy delgado y tiene frío constantemente. Antes siempre se metía conmigo por friolera, y ahora es él quien lleva encima cuarenta refajos y se pasa el día en la cocina, al lado del hogar, con una manta sobre las piernas. No te pido un milagro, que sé que eso no es lo tuyo, solo que continúe así, así está bien. No sufre, por lo menos físicamente, y se deja cuidar, disfruta la compañía de Lucien, que cada día está más cariñoso, sobre todo con él. Te pido también que protejas a Lucien, que es demasiado sensible para su propio bien. Si siempre ha sido un niño tierno, ahora que ya entiende que Louis está enfermo no se separa de él. Los dos al alimón en la mesa de la cocina cada tarde, uno con sus periódicos, el otro con los deberes de la escuela. Y Marie Jeanne entrando y saliendo. No para esta chica, es una lagartija. A esta también me la cuidas, que es un poco cabeza de chorlito. ¿Que se divierte todo lo que puede? Normal, tal y como va el mundo, mejor que aproveche la vida ahora, que la disfrute, que ya tendrá tiempo de llorar con la que se nos viene encima. Y además sabes que es buena chica, capaz de diferenciar perfectamente el bien del mal, y generosa donde las haya. Siempre preocupada por el que tiene menos que ella, por el que sufre. Para mí no te pido nada. Bueno sí, que me conserves fuerte para seguir trabajando y que me protejas cuando ando por los montes. Yo te ofrezco mi amor y hablarte con verdad. Amén.

* * *

–¿Has leído esto, Maddi?

–¿El qué?

–El artículo sobre Argelès-sur-Mer.

–No, ¿qué dice?

–Es repugnante.

–¿Sobre los exiliados?

–Escucha: «Hoy toda la zona apesta. Va a ser imposible usar nuestras playas este verano. La invasión roja ha matado el turismo ya que nuestros clientes internacionales no van a estar dispuestos a tratar con esta sucia horda...».

–¿Qué te he dicho sobre comprar esos periódicos de mierda?

–Es bueno saber lo que piensan muchos de nuestros compatriotas.

–Como si estuvieran ahí por gusto, hacinados como bestias y rodeados de alambre de espino. Con el invierno que está haciendo además y el sufrimiento que llevan a cuestas. ¿Qué piensan hacer con ellos?

–A saber. Dejar que mueran de frío y de hambre, que se los coman los piojos, devolverlos a los franquistas, yo ya no sé en qué país vivimos.

–Por eso hago lo que hago, querido, aunque no te guste.

Mete la cabeza en el periódico y hace como que no me ha oído. Está bien, no pasa nada. Ya le contaré lo de Barrenetche en otro momento. El caso es que algo le tengo que decir porque le va a empezar a ver merodeando por aquí de vez en cuando, como han hecho Peio o Fidel hasta el momento. Pero Fidel cada vez está organizando más y haciendo menos pasos y Peio no da abasto. Tiene buena pinta este Barre, es simpático, más alegre que Peio, y qué mozarrón, vaya planta tiene. Conoce a todos los de la zona, también a los veteranos como Liborio, pero hasta ahora se ha movido más entre Biriatu y San Juan de Luz. Por eso no le había visto nunca por aquí.

–¿Dónde está el crío?

–Andaba por ahí con Marie Jeanne, jugando con Zuri.

–No sé para qué necesitamos otro perro.

–No lo necesitamos. Es un cachorro precioso y un regalo de Fidel para el chiquillo. Sin más.

Vuelve a meter la cabeza en el periódico.

–Y nos alegra un poco la vida, que falta hace, sobre todo a algunos.

7

Ya han parado de sonar las campanas en Sara. A ver cuándo vuelve Marie Jeanne y nos cuenta qué ocurre. La poca gente que había aquí también ha ido al pueblo, nos hemos quedados solos Louis, el niño y yo. Me asomo fuera, está todo desierto. La estación también. Parece mentira que hace un mes esto estuviera repleto de excursionistas, aunque muchos menos que otros años. No me puedo quejar, el hotel ha estado lleno, pero la gente no ha gastado con la misma alegría que otros años. Se nota que el ambiente está revuelto, que para algunos la amenaza de la guerra con Alemania es una realidad, no cosas que se inventan los periódicos o la radio. En esta zona sobre todo. Aquí hemos vivido de cerca el conflicto de España, como si las bombas de Gernika o Durango hubieran caído aquí, a este lado. Siguen llegando refugiados a pesar de que la guerra acabó hace meses, pero no las persecuciones, los fusilamientos. Me temo lo peor, que esas campanas anuncien que finalmente Francia entra en guerra. ¿A qué viene si no tanto escándalo? Aquí llega Marie Jeanne, corriendo y sin aliento.

–Tranquila, respira.

–La guerra. Estamos en guerra.

Me abraza. Está empapada en sudor. Sale Louis con Lucien de la mano. Parece que está a punto de llorar y murmura qué horror, qué horror.

–El alcalde ha dicho que empieza inmediatamente la movilización.

–¿Y qué decía la gente? ¿Has hablado con alguien?

–He entrado en el Lastiry a ver qué comentaban, pero había un silencio tremendo. Los hombres todos callados y con caras largas y luego la gente ha empezado a cerrar las tiendas. ¿Por qué cierran las tiendas? No me he quedado a ver más, he venido corriendo a avisaros. ¿Qué hacemos? ¿Qué pasa ahora? ¿Se van a llevar a mis hermanos?

–Se van a llevar a todos, como hicieron con nosotros.

Lucien mira asustado a Louis.

–A ti no, pequeño.

Entramos los cuatro. Louis va directo a la cocina y enciende la radio. Lucien le sigue. Odio ese aparato. Desde que lo compró se pasa el día pegado a él. Una voz estridente y nasal lee una y otra vez la declaración de guerra. Lo oímos desde el comedor. Marie Jeanne me mira en silencio. Voy al bar, cojo una botella de vino y dos chiquitos. Me siento con ella.

–En veinte días cumplo cuarenta y cuatro años. Tú tienes dieciocho. Cuando yo tenía diecinueve empezó la Gran Guerra. Y yo creía que nunca volveríamos a pasar por algo así.

–No lo había pensado, qué cosa... Nunca me has hablado de lo que hiciste entonces. ¿Te acuerdas de dónde estabas?

–Ya trabajando, de criada en una taberna de Ziburu. Pero no me duró mucho el trabajo, cerraron la taberna poco después.

–¿Y qué hiciste?

–Me fui a un caserío, también ahí en Ziburu. Había una chica muy maja, Manuela, poco mayor que yo, que se había quedado sola porque se llevaron al marido enseguida. Al principio parecía que se iba a librar, pero después de unos meses se lo llevaron al frente. Así que me fui a ayudarla porque tenía dos críos pequeños y el caserío y no podía con todo. Pasé buena parte de la guerra con ella.

–¿Y hacías los trabajos del caserío?

–De todo. También con las vacas. Yo ya sabía porque en casa de padre y madre no se podía estar sin trabajar, así que sabía cómo preparar el nabo y el árgoma para darles de comer, ordeñarlas, incluso ayudarlas en los partos. Y luego preparar la tierra para la siembra de patatas, de maíz y alubia...

–¿Arabas la tierra también?

–Bueno, había un vecino muy majo de un caserío cercano que nos ayudaba con esas cosas más duras, nos traía los bueyes y nos araba él. Casi un anciano era y llevaba su caserío con dos hijas porque a sus hijos y yernos se los habían llevado. Lo que ha dicho Louis antes, que se llevarán a todos. Este casero también venía cuando la recogida del helecho. Nos ayudaba a segar y luego los montones los hacía yo, los suyos y los míos. Había que echarse una mano entre todos.

–Y vivías allí con Manuela, claro.

–Sí, tenía una habitación muy chiquitita al lado de la cuadra, con un jergón y un orinal.

–¿Y te pagaba?

–Cuando vendíamos algo me daba parte, pero estaba muy controlado y poco podíamos vender, nos lo quitaban todo para el ejército.

–Algo ya esconderíais.

–Bueno, algo apañábamos. Manuela tenía un foso debajo de la caca de las gallinas y ahí metíamos patatas, maíz, incluso carne salada. Pero eso solo nos daba para comer nosotras y las dos criaturas.

–¿Y no os pillaron?

–Registraban todo, el gallinero también, pero debajo de la mierda nunca miraban.

–Qué espabiladas.

–La necesidad agudiza el ingenio, prima.

Se ríe cantarina. Nos sirve otros dos chiquitos más.

–¿Y cuánto tiempo estuviste ahí?

–Hasta que volvió el marido de Manuela. Le hirieron y quedó cojo, así que le mandaron para casa. Y aunque cojeaba mucho, podía hacer los trabajos que hacía yo, así que me echó.

–Vaya, ¿y Manuela no se opuso?

–Claro, ella no quería que me fuera. Pero a mí no me gusta estar donde no soy bienvenida.

–Buena eres tú para eso.

Bebemos tranquilas. De la cocina sigue viniendo el sonido de la radio, ahora suenan marchas militares.

–¿Y cuándo fue eso? ¿Todavía quedaba guerra?

–Sí, un año, algo más.

–¿Qué hiciste entonces?

–Bajé a Ziburu y me puse a trabajar en otra taberna, cerca del puerto, un sitio de mala muerte. Ojalá nunca hubiera acabado ahí.

Bebo otro trago. Soy consciente de que llevo unos segundos en silencio, pero se me hace difícil contarle esta parte de la historia. Me levanto.

–Voy a ver qué hace Louis.

Entro en la cocina. Malditas marchas militares. Lucien juega con sus muñequitos a ritmo de la música, Louis dormita. Bajo el volumen y hablo en susurros a Lucien.

–¿No te quieres venir con nosotras?

Niega con la cabeza y sigue jugando. Cojo un queso y medio pan. Vuelvo con Marie Jeanne. Nos hemos bebido mitad de la botella.

–Vamos a comer un poco, anda.

–Sí, que yo ya tengo la cabeza ligera. Si me viera madre, me soltaba un sopapo. Te habías quedado en esa taberna de mala muerte...

Accedo a contarle un poco más, pero no quiero entrar en detalles.

–Un sitio donde iba lo peor del pueblo y había tanta miseria que me tenía que conformar con un colchón en la cocina y con comer una vez al día. Por allí pasaban soldados que estaban estacionados en San Juan de Luz y allí conocí a Nico. Nos casamos poco después.

–Pero a ver, eso me lo tienes que contar bien. ¿Le conociste y te casaste y ya?

–Sí, nos conocimos, volvió al frente, pidió un permiso para casarse, así se libraban algunos del frente por unos días, y eso hicimos.

–Pero una vez me dijiste que os casasteis en Azkain, ¿por qué no en Ziburu?

–Sí, eso fue cosa mía. No soportaba más estar en ese pueblo. Dejé la taberna, encontré trabajo en una venta, cerca de Azkain. Iba a misa todos los domingos y me gustaba esa iglesia. Fue mi condición: casarnos ahí.

–¿Y tuviste banquete y celebración?

–No eran tiempos para eso. No había ni dinero ni alegría. De mi familia además no fue nadie, se enfadaron porque ni siquiera le conocían, no les había hablado de él. La cosa empezó mal desde el principio. Pero bueno, nos casamos y, ya ves, poco después acabó la guerra.

–Si no hubiera habido guerra, ¿te habrías casado?

–Posiblemente no.

Levanto mi vaso, lo choco contra el suyo y lo bebo de un trago. Marie Jeanne me mira con gesto de querer preguntar más, pero me conoce bien y sabe que ese era el final del relato. Apura su vaso.

–¿Tú crees que esta guerra va a ser tan mala como la otra?
–Ninguna guerra es buena, tenemos que prepararnos para lo peor.
–Me quiero quedar aquí con vosotros.
–Y yo espero que lo hagas. Vienen tiempos difíciles, no sé cómo vamos a mantener esto, pero aquí nada te va a faltar.
–Ya sabes que a mí no me da miedo el trabajo, si me tengo que poner a sembrar patatas, no se me van a caer los anillos.
Me río. No me la imagino, tan menuda, con esas manos finas metidas en la tierra. No quiero que tenga que hacerlo. De los otros trabajos no sabe nada, aunque es muy posible que algo haya oído por ahí o que sospeche. A Fidel lo ha conocido como el casero que nos trae los productos que aquí nos faltan, un buen amigo de la casa, y con Peio y Barre apenas coincide, cuando lo hace siempre hay excusa de algún trabajo, alguna chapucilla. Sabe también que vendo café de contrabando, aceite, tabaco, pero eso lo hace todo el mundo. Me preocupa que sospeche algo de lo otro, que es mucho más serio y que sí podría meternos en un buen lío. Pero una cosa es barruntar y otra saber y, de momento, mejor mantenerla al margen, sobre todo ahora que los peligros van a ser mayores.
–Habrá que pensar en comer algo decente, ¿no crees?
Asiente y sonríe. Se levanta y se agarra a la esquina de la mesa.
–Ay, creo que me he pasado con el vino.
Yo también siento la cabeza ligera. Nos entra la risa floja y, cogidas del bracete, entramos en la cocina.

* * *

Señor, perdona que te lo diga, pero a veces me cuesta creer que velas por nosotros. Louis está cada vez peor y los negocios están muy difíciles. Aunque Martín sigue viniendo con su acordeón los fines de semana, no quedan muchachos para el baile. Las chicas se arreglan y vienen, bailan entre ellas, pero no gastan como los chicos, algunas han dejado de venir, por pudor tal vez o porque venían con la única motivación de encontrar novio. Algunos refugiados se atreven a asomarse, pero esos no tienen ni un centavo para gastar. Los mayores creen que faltamos al respeto con diversiones en tiempos como estos. ¿Tú crees que eso es así, Señor, que deberíamos andar llorando por los rincones o escondidos en las casas? Yo creo que no hacemos nada malo intentando animar a la gente, y las muchachas ya están lo bastante tristes porque se han llevado a todos los hombres jóvenes. Ya sé, ya sé que yo miro más por el negocio que por su felicidad, pero una cosa no quita a la otra. Y de mis asuntos secretos, Señor, qué te voy a decir, que las cosas están muy complicadas con esta guerra que no va ni para atrás ni para delante, guerra de broma, la llaman en los periódicos, pero a mí no me hace ninguna gracia. Los ánimos están muy retorcidos, y el trajín de papeles para un lado y otro cada vez más peligroso. Y de personas, porque si hasta hace nada había que pasar a los huidos de la guerra de España a este lado, ahora hay que pasar a los desertores de esta guerra al otro. Hace nada pensaba que no podrían venir tiempos peores, pero cada día me confirma lo contrario. Y ¿qué voy a hacer yo, Señor? Es el tiempo que me ha tocado y tengo dos opciones, quedarme al margen como hace Louis, pegada a la radio y los periódicos, lamentándome de lo que ocurre, o aprovechar la ocasión doblemente: ayudando a quien lo necesita y, si puedo hacer de esa ayuda algo rentable, pues mejor que mejor. Ya sabes que a quien no puede pagar yo no le exijo nada, pero si el encargo viene de quien tú ya sabes, que tienen posibles y que viven cómodamente mientras nosotros nos jugamos el pellejo, ¿cómo no voy a exigir que me paguen bien? Hay días, eso sí, que me planteo si seguir prestando esos servicios porque las cosas se complican cada vez más. ¿A dónde irá todo esto? Los jóvenes que se han llevado andan metidos en cuarteles que son como cuadras, repartidos por el territorio, esperando a no se sabe qué. La última carta que recibió Marie Jeanne de Pierre eso decía, que cualquier día coge y se va, que la comida es una porquería, que están todo el día sin hacer nada, que ni siquiera hacen instrucción, que pasan un frío terrible en los barracones. Marie Jeanne teme por él, que deserte y le pillen, pero su hermano sabría cómo desaparecer, está acostumbrado a vivir de noche y a pasar desapercibido. Ha aprendido bien de José Ramón. Eso le condenaría posiblemente a vivir al otro lado y, tal y como están las cosas allí, tampoco es buena opción. A pesar de todo, muchos lo han tenido claro, en cuanto tocaron aquí las campanas a rebato, cruzaron el Bidasoa. Difíciles elecciones nos pones, Señor, parece que con ninguna ganamos ni acertamos. Aquí lo único que quedan son niños, mujeres y ancianos recordando la última guerra, cansados y con miedo. Por lo menos hay trabajo para los refugiados, que andan echando una mano a las mujeres en los caseríos. Ya se rumorea que alguno anda incluso demasiado cómodo, deseando que la guerra no acabe nunca o que el marido de turno no vuelva. ¿Cuándo vamos a salir de esta incertidumbre, Señor? Preguntarte a ti, la verdad, no sirve para nada. Ya estoy escarmentada. Pronto será el cumpleaños de Lucien. Parece mentira que hayan pasado diez años desde que apareció esa muchacha por aquí. Me he quedado sin resolver su misterio, a esas preguntas tampoco me has contestado, pero ya no me importa, qué más da de dónde venga el pequeño.

Ya sabes que no te pido mucho, Señor, pero sí que me des fuerzas para acompañar bien a Louis. ¿Te has dado cuenta de lo que ha encogido estos últimos meses? Llevé sus trajes ayer al sastre. Se los cogí yo, aunque no se me da nada bien eso de coser, porque él se negó a bajar al pueblo, con lo que antes le gustaba. Ni sé el tiempo que hace que no va al frontón. Pues ¿te puedes creer que el sastre no me los quería arreglar? Decía que seguro que se los había cogido mal, que eso era demasiado quitar y que después le iba a ir a reclamar. Es que le tuve que coger hasta los bajos del pantalón. ¿Cómo puede ser, Dios mío, que se haya reducido hasta de estatura? Dice que le duelen los huesos y lo creo. Desde que se declaró la guerra ha caído en picado y no sé qué hacer. Ni siquiera Lucien le hace reír ya. El otro día riñó al pobre chiquillo por bailar, que siempre le ha hecho tanta gracia. Y le dijo eso de que si quería convertirse en un hombre respetado tenía que dejar de hacer mariconadas. Nunca usa una mala palabra y tiene que usar esa contra el crío. Me quedé helada. Y tú, que lo oyes todo, seguro que también. Así que te pido por él y por Lucien, y por Marie Jeanne para que todo esto no le arruine la juventud. Y para mí te pido que me des fuerza, que me protejas en mis trabajillos. Y yo te ofrezco mi amor y hablarte con verdad. Amén.

* * *

Entra corriendo Michel en el bar, vestido con el uniforme de la estación.

–Han llegado al pueblo. Está lleno de soldados alemanes. Han entrado cantando, sonriendo y saludando como si estuvieran volviendo a casa.

Marie Jeanne le ha oído y sale de la cocina.

–¿Y qué hace la gente? Pasa, siéntate, deja que te saque un vaso de agua.

–Ponme un coñac, anda.

Michel nunca bebe alcohol, salvo un chiquito de vez en cuando durante el baile. Se toma el coñac de un trago.

–Pues alguna ha salido al balcón a saludar y otro incluso ha aplaudido, pero la mayoría nos hemos quedado mirando con cara de tontos. ¡Que han entrado cantando, Maddi!

–Ya, no sé qué decirte, querrán dar buena impresión.

–¡Son nazis! ¿Qué buena impresión quieren dar?

Marie Jeanne se ríe. Esta chica encuentra el humor en todas las situaciones.

–Bueno, tranquilízate, Michel. Si ya sabíamos que esto iba a pasar.

–Pero si no os he dicho lo peor. Algunos se han quedado en el pueblo pero otros están subiendo por la carretera. ¡Vienen hacia aquí!

–Por Dios, eso es lo primero que me tenías que haber dicho. Marie Jeanne, avisa a Louis, ahora vuelvo.

Salgo corriendo al gallinero. Cojo el estiércol de las gallinas y pongo una segunda capa sobre el lugar donde esta mañana he depositado la cartera de cuero. Me acuerdo de Manuela cada vez que escondo algo aquí y los otros se acordarán de mis muertos cada vez que abran un sobre y huelan a mierda. Pero oye, lugar más seguro no puede haber. Me meto hasta el fondo y acomodo el helecho que estaba en el suelo en el montón. Hace días que nadie lo usa y es muy posible que el gesto sea innecesario, pero por si acaso prefiero que no haya la mínima sospecha. Imagino que subirán a ver la estación y querrán ir a la cima del Larrún. Mejor panorámica del territorio no van a tener que desde ahí arriba. Ay, ya están llegando. Oigo las botas acercándose. Ahora no cantan. Salgo del gallinero y me quedo a la entrada del hotel. Marie Jeanne está ya en la puerta. Efectivamente, el que parece que está al mando se acerca a la estación. Michel está esperándole. El resto del destacamento, unos cincuenta hombres, se queda fuera en posición de firmes. Son muy jóvenes, incluso con el casco y el uniforme puedo ver las caras de niños de algunos. Oigo un ruido a mi espalda. Es Lucien.

–No tengas miedo, pulguita, ven, dame la mano.

–No me llames pulguita, Ma, y menos delante de esos.

–Delante de ellos no te lo llamaré, te lo prometo. ¿Dónde está Louis?

–No quiere salir de la habitación, dice Marie Jeanne.

Se pone a mi lado. Por la voz, está enfadada con Louis, decepcionada tal vez. Pero le entiendo. Es el momento que temía, del que ha estado hablando el último mes. Desde que comenzó la ofensiva, la guerra de verdad, después de todos esos meses de espera, y nos fuimos enterando del desastre, cuando empezaron a contar los cientos de miles de prisioneros, cuando comenzamos a ver por aquí a nuestros soldados vagando, devastados, fugitivos a los que nadie perseguía, Louis lo dijo: llegarán hasta aquí, hasta la mismísima puerta de casa. Y así es, aquí están. No han tardado ni dos meses en atravesar el país. Hace poco más de diez días plantaron su bandera en la mismísima torre Eiffel y hoy la plantarán en nuestra cumbre. Sale el capitán o lo que sea de la estación y comienza a dar órdenes a sus soldados, algunos entran en la estación, otros se montan en el tren. Les oigo reír, como si estuvieran preparándose para una excursión, el capitán sonríe también mientras se acerca hacia nosotras. Dos soldados con sendas metralletas cruzadas sobre el pecho le siguen a dos pasos. Se quita la gorra al llegar. Tendrá unos cuarenta años. Su cabello es oscuro, también sus ojos, de complexión fuerte y no muy alto. Tanto hablar de los arios, pues este podría ser un hispano ejemplar. Lucien me aprieta más la mano.

El capitán se agacha un poco para saludarle y en un francés impecable le da los buenos días. Lucien no contesta.

–Buenos días, señoras.

–Buenos días, respondemos a la par.

–Soy el capitán Pichler. Si son tan amables, me gustaría ver estas instalaciones.

Se me pasa por la cabeza preguntarle ¿y si no lo somos?, pero sé que eso no conduciría a nada bueno. Marie Jeanne me mira, esperando mi reacción. Depende de cómo actúe yo, me seguirá ella. Prudencia. Me aparto de la puerta, uno de sus soldados la abre, entra, le sigue su compañero, dan un vistazo rápido y entra el capitán. Le susurro a Lucien que vaya a avisar a Louis. Marie Jeanne me sigue. El capitán accede al comedor, se acerca al reloj de la pared, lo abre y lo adelanta una hora. Sonríe satisfecho, contemplando el reloj con los brazos en jarras. Los dos soldados están ya reconociendo el bar, la cocina. El capitán los sigue sin detenerse a mirar los vinos y licores, entra en la cocina.

–¿A dónde llevan esas escaleras?

–A nuestras habitaciones.

–¿Cuántas habitaciones tiene este hotel?

–En esta parte dos, bueno, en realidad tres, pero son las nuestras. Para el público tenemos seis.

Louis nos estará escuchando arriba. ¿No va a salir de la habitación?

–Enséñemelas.

Le indico que me siga de vuelta al comedor. Los soldados me hacen un gesto para que me detenga. Pasan primero, les sigue el capitán, subo detrás de ellos las escaleras. Marie Jeanne se ha quedado en la cocina, imagino que irá a la habitación de Louis. Sus botas retumban en el suelo de madera. ¿Lo hacen a propósito para amedrentarnos? Llegamos a la primera puerta, la abro, les dejo pasar. Los soldados husmean, el capitán mira alrededor satisfecho, se sienta en la cama y prueba la comodidad del colchón, levanta la colcha e inspecciona las sábanas.

–Muy bien, enséñeme las otras.

Salimos y abro la siguiente. Inspeccionan cada habitación, buscando a saber qué.

–¿Hay alguna con baño?

–Los baños están uno a cada lado del pasillo.

–Enséñeme.

Revisa los inodoros, tira de la cadena, abre y cierra los grifos del lavabo y de las duchas.

–Todo perfecto. ¿Dónde está su marido, que no ha salido a saludarnos?

–En su habitación. Está enfermo. Si no le importa, prefiero dejarle descansar.

–Será solo un momento.

Bajamos de nuevo, primero los soldados que parecen de plomo, no han hecho un solo gesto en todo este rato, después el capitán y yo detrás de él. Atravesamos la cocina y, en el mismo orden, subimos las escaleras. Llamo a la puerta de la habitación de Louis. Abre Marie Jeanne.

–No me ha dicho usted su nombre. Me figuro que es Marie Jeanne, la sobrina de la señora Nicolas.

–Somos primas y sí, soy Marie Jeanne.

Me sorprende la naturalidad con la que Marie Jeanne responde, como si no le asustara que sepa quiénes somos. ¿Tan rápido les han dado informes en el pueblo?

–Si me permite...

Da un paso al frente y Marie Jeanne no tiene más remedio que dejarle pasar. Esta vez los soldados se quedan en el umbral. Louis está en la cama, incorporado con la espalda contra las almohadas. Lucien está sentado a sus pies. La habitación huele a cerrado y a botica. Nada parece importarle al oficial.

–Disculpe usted la intromisión, señor Nicolas. Quería presentarle mis respetos.

Louis le mira impasible, como si ni sintiera ni padeciera, y realmente ni siquiera yo podría decir qué es lo que está pensando ahora mismo. Lucien mira con rabia al oficial. Le hago un gesto para que venga a mi lado, pero no me obedece.

–Me siento en la obligación de informarles que con efecto inmediato este hotel está requisado. Todas las habitaciones deben estar siempre disponibles para las visitas del alto mando de nuestro ejército, el resto del tiempo quedarán vacías. Una de ellas, la primera a mano derecha, orientada hacia la estación, será la mía. Ustedes pueden continuar con las mismas acomodaciones de siempre.

Le miro a Louis. Su expresión no ha cambiado lo más mínimo. El capitán parece estar esperando una respuesta, tal vez una queja. Observa a Louis con el ceño fruncido, brazos en jarras. Los soldados siguen apostados en la puerta. Lucien baja de la cama y se pega a Marie Jeanne.

–¿Me ha entendido, señor Nicolas?

El tono es brusco, se está impacientando.

–Le hemos entendido, capitán. A mi marido le cuesta mucho hablar.

Se vuelve hacia mí, otra vez a Louis. Parece estar calibrando si seguir presionándolo o no. Por fin se dirige a mí:

–Necesitaría ver el resto de las instalaciones.

–Mi habitación es esta de al lado, la del niño y Marie Jeanne, arriba, en la buhardilla.

–Necesitaría verlas.

Marie Jeanne resopla, la miro severa.

–Le enseño, dejemos a mi marido descansar.

–Señor Nicolas, espero que se sienta mejor pronto.

Louis no responde, no hace un gesto.

–Marie Jeanne, Lucien, dejad a Louis que duerma un rato. Id a la cocina y esperadme ahí.

El capitán aguarda en el pasillo con sus dos soldados pegados. Abro la puerta de mi habitación, se asoma pero no entra. Cierro la puerta y les indico al fondo del pasillo el baño, abre la puerta, da un vistazo rápido, la cierra, subimos las estrechas escaleras que llevan a la buhardilla.

–Qué habitación tan amplia y bonita. Ideal para los niños, aunque Marie Jeanne ya sea toda una señorita.

Otra vez ese tono amable, falso. Ya te he visto las orejas, lobo. Me acabas de robar el hotel y nos hubieras pegado un tiro si nos resistimos. Si crees que te voy a dar conversación... me cago en tus muertos.

–Volvamos al comedor.

Sigo a la comitiva. El capitán ya anda como si fuera el dueño de todo esto. Nos paramos delante del reloj de la pared.

–Hagan los arreglos necesarios para cuatro huéspedes inmediatamente. Volveremos a la una en punto, para comer.

Señala al reloj insistentemente, será para que no se me olvide que ya vivimos en hora alemana.

–Después fijaremos los horarios a los que nos debe servir desayuno, comida y cena. Hoy la comida corre de su cuenta, pero a partir de esta tarde comenzará a recibir lo necesario para preparar el rancho. He visto que tiene huerta y animales.

–Solo gallinas.

–Pueden quedarse con lo que necesiten para abastecerse, pero no el excedente. Eso lo requisaremos. Si sigue mis instrucciones no tendrá ningún problema conmigo ni con mis hombres. ¿Me enseña el gallinero?

–Ahí solo hay gallinas y aperos.

–Necesitaría verlo.

Salimos y les llevo al gallinero. Pintxo ladra y Zuri también.

–A estos dos los quiero ver siempre atados.

Me acerco a ellos. Los acaricio para tranquilizarlos, Zuri sigue teniendo alma de cachorro, quiere jugar. Los dos soldados entran en el gallinero y un par de minutos después indican al capitán que puede entrar. Le sigo. Llega hasta donde está el estiércol secándose.

–¿Para qué quiere usted todo esto?, dice señalando con asco.

–Para el huerto. Es el mejor abono. Eso, mezclado con el helecho.

Me mira con cara de no entender.

–Helecho, sí, si quiere le enseño, lo guardamos ahí al fondo.

Niega con la cabeza, hace un gesto con la mano como si estuviera espantando moscas y sale del gallinero seguido de sus soldados. Debe de ser de ciudad.

–Gracias, señora Nicolas. Ahora si no le importa, acompáñeme a conocer al cabo Hackl, que se encuentra todavía en la estación. Él hará inventario de todos los bienes consumibles que tiene en el restaurante. Estamos en guerra y siento que usted pierda su hotel mientras dure esta situación, pero intentaré ser justo siempre que me sea posible.

Y cómo vamos a contabilizar el aceite y el vino. De dónde le voy a decir que lo saco. Bueno, ya me las arreglaré con el cabo ese de las narices. La que nos ha caído encima, Señor, a ver cómo salimos de todo esto.

8

Tenemos las ventanas abiertas, pero aun así hace un calor pegajoso, irritante. Marie Jeanne tiene la cara empapada, no sé si del sudor o de las lágrimas. Yo contengo la emoción.

–No te quiero dejar aquí sola con todo esto.

–Tengo a Louis y a Lucien.

–Son dos preocupaciones más y yo te puedo ayudar con ellos y con el trabajo que te dan estos cerdos.

–Me viene bien estar entretenida, así no pienso.

Marie Jeanne se suena la nariz con fuerza, empieza a hipar de nuevo. Cojo su mano y se la aprieto.

–Piensa que allí vas a estar mucho mejor, vas a servir en una buena fonda, a esos no les va a faltar comida, te pagan el sueldo que yo ya no te puedo pagar, y además estás en Biarritz.

–¿Tú sabes cómo está la ciudad de boches? ¡Tienen ahí su cuartel general! Es un horror, se pasean por ahí como si estuvieran de vacaciones. ¿Crees que me voy a librar de ellos por irme de aquí? En la fonda también voy a tener que servirles.

–Pero no estarás bajo su mismo techo, no es lo mismo.

–¿Y Lucien? ¿Qué va a hacer sin mí cuando me vaya?

–Pronto empieza el colegio de nuevo, pasará la mayoría del día fuera de casa y luego ya me arreglaré para que los vea lo menos posible.

–Pobre criatura.

Se echa a llorar de nuevo.

–Venga, bonita, si me quieres ayudar no llores más.

–Si me necesitas, ¿me llamarás?

–Te lo prometo. Y ahora, termina de hacer tu maleta. Te esperan hoy y sería muy feo que llegaras a deshoras.

Asiente, se seca las lágrimas, vuelve a sonarse la nariz. No quiero ver cómo se despide de Lucien. Salgo al huerto y encuentro a Antoine atando las ramas de los tomates.

–Antoine, ya le dije que no viniera más. No le puedo pagar y usted tiene mucho que hacer.

–No me cuesta nada pasarme de vez en cuando, no se sienta usted mal. Cuando se vayan estos ya me pagará. O no, la vida da muchas vueltas, señora Nicolas, cualquier día le pido yo un favor y usted seguro que corresponde.

–No tenga duda, Antoine.

–¿Cómo se portan esos?

–Si hacemos lo que nos piden, bien. Ahora ha llegado un nuevo capitán que no habla ni francés, así que interpreto las órdenes como puedo.

–Ya le he visto. Me gustaba más el anterior, era un caballero. Este anda con la nariz en todos sitios. Antes ha venido aquí y ha estado mirando un buen rato lo que hacía. Me ha puesto nervioso.

–Sí, se queda con todo el muy castrón. Los otros que han venido con él van más a su aire. El teniente y los cabos saludan cuando entran y salen, dan las gracias cuando les sirvo y ya estuvo. Y si viene algún pez más gordo a pasar un par de días ni me dirige la palabra, como si fuera una mosca en la pared.

–No quisiera yo estar en su pellejo, señora Nicolas.

–Iremos tirando, Antoine, qué le vamos a hacer, intentar no meternos en problemas. Son estrictos con los horarios y la limpieza, pero pagan por lo que consumen fuera de lo que traen ellos, como los huevos, o si beben algún licor o vino.

–Pues dicen que beben como cosacos, por lo menos los que andan por los pueblos.

–Estos no, salvo los domingos. De normal son muy comedidos.

–Igual porque son oficiales y gente educada.

–Pues igual. O que la mayoría son austriacos. Igual esos beben menos, a saber. ¿Y cómo está todo por casa, Antoine?

–Preocupados por el hijo. No sabemos nada de él desde que los hicieron prisioneros y han pasado ya unos meses.

–Dicen que a los soldados no les tratan mal, ya verá cómo pronto los van mandando a casa.

–Así lo prometieron, ¿no? Que para eso les han dado medio país. Pero a ver quién se fía. Dios la oiga, señora Nicolas, porque este hijo mío no sirve para estar encerrado.

Antoine sigue atendiendo las matas, entrelaza con delicadeza las ramas, las apoya sobre los palos para que vayan formando un entramado del que cuelgan seguros los tomates. Está la huerta preciosa. Pena que la mayoría sea para...

–¿Ha visto usted la de sacos de cemento y maderas que están subiendo en el trenecito? Dicen que el Imperator está irreconocible.

–Sí, debe parecer un búnker. ¿Ha visto usted algo, Antoine?

–¿Yo? Ahí no subo ni loco, pero en la partida el otro día alguien dijo que han reconvertido todo para que quepan los soldados y que la cumbre está cerrada con alambre de espino y que la única forma de entrar es por una puerta custodiada y que están montando un cañón enorme.

Eso fue lo que cargaron el otro día en el tren, entonces. Las piezas del cañón. Antoine está acabando ya.

–Llévese unos tomates, también pimientos, que este año han salido muchos y están riquísimos.

–No, señora, que cuentan las piezas y luego se mete usted en un lío. ¿No ve cómo toman nota de todo? Seguro que hasta saben cuántos huevos han puesto las gallinas antes de que usted entre en el gallinero.

Tiene razón Antoine. El cabo de las narices apunta todo. Hace inventario casi todos los días, de lo que llega para ellos o de lo que produce la huerta, de lo que ponen las gallinas. Cada vez que entra en el gallinero, tiemblo. Pintxo y Zuri lo odian tanto como yo, creo que es al soldado que más ladran. Qué listos son. Me despido de Antoine. Es un hombre bueno y su mujer, Ramona, también. Que Dios solo les haya dado un hijo y que haya caído en manos de estos. A saber cómo estará.

En el comedor está Marie Jeanne sentada a una mesa con Lucien y Louis, la maleta en el suelo. Los tres lloran. No puedo con este cuadro. Doy media vuelta y me meto en el gallinero. Oigo que Marie Jeanne me llama. No salgo. No voy a salir.

***

–Vamos, cariño, tienes que ir al colegio.

Lucien me mira enfurruñado. Desde que se fue Marie Jeanne se niega a todo: a ir al colegio, a comer, a lavarse.

–Tengo prisa, Lucien. Mira, yo me voy al pueblo. Si no vienes conmigo, te quedas encerrado todo el día con Louis en la habitación. ¿Prefieres eso?

Niega con la cabeza pero aun así no me da la mano.

–Vale, pues te dejo entonces con los soldados. ¿Eso te gusta más?

Empieza a hacer un puchero. Un hipido. Rompe a llorar.

–Ay, no, pulguita, no te asustes, que no te dejo con ellos. ¿Cómo te iba a hacer yo eso? Es que tengo prisa, estoy un poco nerviosa. Venga, eres un chico mayor, me tienes que ayudar.

–Pero es que en el cole...
–¿Qué pasa en el cole?
–Me dicen cosas malas.
–¿Qué te dicen?
Niega con la cabeza. No me lo va a contar, pero me lo puedo imaginar.
–Bueno, pues hoy no vas al colegio, me acompañas a hacer los recados y luego me ayudas en la cocina. ¿Vale?
Sonríe como hacía tiempo que no le veía sonreír. No podemos hacer esto todos los días, pero por hoy el problema está resuelto. Mañana Dios dirá.

Hace una mañana fría y soleada. Lucien va de mi mano, contento. En la panadería hay una cola de soldados, las terrazas están llenas de soldados tomando el café, también hay soldados sentados en las gradas del frontón, contemplando a un par de chicos que juegan algo desganados. Otra cola en la pescadería. Aquí por lo menos no hay soldados. Me pongo detrás de Camile, la madre de Michel.
–Buenos días, Camile, vaya cómo está el pueblo.
Gira un poco la cara, no me contesta.
–¿Cómo está Michel?
Igual es que no me oye, tampoco quiero hablar a gritos tal y como está todo. Le tiro un poco de la manga.
–Camile, que cómo está Michel.
Se da la vuelta completamente. Hay odio en su mirada, en el rictus de su boca, en su tono.
–Cerda, puta de los boches, no vuelvas a dirigirme la palabra.
Las otras mujeres que están en la cola se dan la vuelta también y las oigo insultarme entre dientes. Qué impotencia, rediós, qué rabia. Lucien me aprieta con fuerza la mano. Me

doy la vuelta, me voy y a lo lejos oigo «vete, vete y llévate a tu puto bastardo». Tengo el estómago del revés. Si pudiera hablar... pero es que ¿nadie se da cuenta de lo que está pasando?, ¿nadie piensa que puedo estar haciendo lo correcto? Acaricio la cabeza de Lucien, le atraigo hacia mí, pero él se separa. Seguimos andando. Entramos en la charcutería de Ignacio. Está vacía. Menos mal. Damos los buenos días. Le quiero decir algo, pero antes de que pueda abrir la boca, Ignacio sale de detrás del mostrador y me hace un gesto para que me acerque.

–Fidel me ha pedido que te diga que se tiene que ir una temporada.

–¿Y eso?

–Han detenido a Aurora.

Se abre la puerta. Ignacio vuelve al mostrador de un salto.

–Aquí tienes. Un cuarto de salchichas. ¿Algo más?

–No, nada más.

Salgo de la charcutería. Dios, Aurora, es solo una cría. Fidel. Cuándo lo volveré a ver. Lucien tira de mi mano.

–Ma, respóndeme.

–¿Qué? ¿Qué me decías, pulguita?

–Que qué le pasa a Aurora.

–Nada, no le pasa nada. No repitas ese nombre, ¿me entiendes?

Atravesamos la plaza deprisa. Siento como si hubiera un murmullo de fondo, como si todos estuvieran hablando de nosotros, los unos y los otros, señalándonos, dirigiendo hacia nuestra espalda un dedo acusador.

***

Así es como huele la muerte. Así es como se hace presente. Con este olor, este rostro que nada tiene de la expresión de

Louis, de la vida que había en él. Señor, acógele en tu seno. Hacía ya tiempo que habías desaparecido, que te habías perdido en la niebla de la enfermedad. Y de la morfina, gracias a la compasión del doctor Sous. Aquí me he quedado, querido Louis, sola contigo. Sola sin ti. Te velo esta noche. Velo tu cuerpo porque tú ya no estás. O todavía sí y te acompañaré en el tránsito. Señor, acógele en tu seno. No voy a tocarte, Louis. Todavía siento en mis dedos el frío. Me había acostumbrado a verte desnudo los últimos meses, a lavarte minuciosamente para que no te llagaras en la cama. Me impresionaba tu cuerpo tan frágil, que parecía que te ibas a romper en mis manos, pero el frío de la muerte impresiona aún más. Y tus ojos cerrados, ya sin ningún movimiento. El pañuelo de seda, uno de esos que habías comprado en Biarritz y que te deban aire de galán, ahora anudado alrededor de tu barbilla para que no se te abra la boca. Esa boca de espanto de muerto. Qué tranquila y qué terrorífica es la muerte.

Pero por fin has descansado. Hemos pasado meses terribles, querido Louis. No sé qué te dolía más, si convivir con el enemigo o la enfermedad. La vida es una escuela diaria y este año he aprendido que la humillación tiene una inmensa capacidad destructiva, que el daño de sentirse impotente, débil, pequeño, pisoteado, despreciado es tal que puede acabar asfixiando una vida. Porque si no hubiera sido por el robo y la ocupación de nuestro hotel, si no hubieras tenido que escuchar el ruido de sus botas entrando y saliendo, sus risas en el comedor, sus voces ladrando ahí fuera y tú aquí, postrado en esta habitación sin poder hacer nada contra ello, habrías vivido más tiempo. O tal vez el mismo tiempo pero con menos dolor. No sé si llegaste a entender por qué llevo esta situación mejor que tú. No me siento humillada porque se la estoy metiendo doblada, querido, trabajando contra ellos debajo de sus mismísimas narices. Pero eso tú no lo has sabido. Te alejaste tanto de la realidad, te encerraste tanto en tu habitación y tu dolor, que no te has enterado de nada. Y está bien así. Ya habías empezado a perder la cabeza y no quería que en alguno de tus delirios largaras lo que no debías.

Qué sola me dejas, amigo, después de todos estos años. Te tengo delante, muerto. Sí, muerto, y todavía no me creo que nuestra vida juntos acabe aquí. Y acabe así, contigo convertido en esta especie de muñeco. No sé ni lo que siento. A ratos rabia, a ratos tristeza, a ratos alivio porque, lo reconozco, tu enfermedad me estaba matando. Al final soy yo la que cargo con todo, la que acumulo obligaciones, preocupaciones, angustias, miedos. Y cuidar de ti no ha sido fácil. Tampoco querías que te cuidara nadie más. ¿Te daba vergüenza que te vieran así? La verdad es que has acabado siendo una piltrafilla, un saco de huesos y encima se te agrió el carácter, con lo majo que has sido siempre. Qué turras me dabas para que te dejara poner la radio de Londres. No había forma de que entendieras que si te pillaban íbamos a tener un problema y total, para qué, si la mayoría del tiempo no entendías lo que decían. Yo creo que alguna vez te escucharon, era imposible que no la oyeran, pero que hicieron la vista gorda. Por pena. Las últimas semanas te ponía la emisión de Vichy y ya no te enterabas, como cuando dijeron que habían deportado a cinco mil judíos de París en su campaña para purificar la nación de posibles amenazas. Y tú ni parpadeaste.

Señor, acógele en tu seno.

Me gustaría recordarte como cuando te conocí, un hombre elegante, vivaz, más listo que el hambre. El viudo más codiciado de Sara. La barbería te iba bien, pero lo que te hacía deseable era tu ambición. En cuanto empezaron las obras del tren tuviste claro que aquí iba a haber negocio e hiciste todo lo que estuvo en tu mano para llevarte parte de la tajada. Qué buen ojo tuviste. Y también confiando en mí para sacar esto adelante, todo hay que decirlo. Nos entendimos bien desde el principio: yo buscaba salir de la miseria y dejar atrás la mala vida con Nico, tú una mujer que no tuviera compromisos familiares, que no estuviera en edad casadera y que conociera el negocio. Y que tuviera arrestos y ganas de trabajar. Nunca me lo dijiste, pero seguramente también buscabas una mujer que no fuera demasiado atractiva, ¿verdad? Para evitar jaleos. ¿Qué pensaste al verme por primera vez? Seguramente me miraste las manos y pensaste que trabajaba como una mula, me miraste la cara y el cuerpo y me viste hombruna y fuerte, te dije que estaba divorciándome y que no tenía hijos ni los quería y pensaste que por ahí no te daría problemas. Tenías fama de buen pájaro, pero ya sabes que nunca me he fiado de los rumores porque la mayoría de las veces solo llevan mentiras o medias verdades. Lo sabré yo. Y bueno, es verdad que un poco chanchullero siempre has sido, pero también dadivoso y confiado y nada dado a la mentira. Has preferido siempre callar que mentir. Te mueres llevándote un montón de secretos a la tumba, castrón. El de Lucien el más gordo y también cómo conseguiste todo esto, por qué los de abajo nos odian así, con ese ahínco, porque tiene que haber algo más que la historia de la expropiación. ¿Les prometieron a ellos el hotel y te lo quedaste tú? Nunca lo sabré. O igual sí, fíjate cómo es la vida, que a partir de ahora voy a tener mucho trato con la hija mayor. El otro día no te diste cuenta, ¿verdad? No la reconociste, cómo la ibas a reconocer, si no me reconoces ni a mí, perdón, reconocías, hablo todavía en presente. Me quedé de piedra al verla entrar con el doctor Sous. Resulta que la ha contratado de criada o de asistenta, un poco de todo. Me saludó cariñosa, me dijo que sentía mucho verte tan enfermo. Creo que era sincera. Le pregunté a Sous cuánta confianza le tiene y me dijo que mucha, que le sirve para todo, desde hacerle las comidas a ayudarle en las visitas y las curas. Me preocupa esa confianza porque, otra cosa de la que no te has enterado, es que el doctor Sous nos ayuda si alguno de los huidos llega enfermo o con alguna herida. Por eso mismo dice que necesita a Hélène y me asegura que es una chica majísima y de confianza, nada que ver con el padre. Ojalá no se equivoque. Tampoco te has enterado de que en el pueblo dicen que me entiendo con los alemanes. Y ya entiendes lo que significa entender. No se cansarán nunca de colgarme sambenitos. Tengo tantos que debería haber sacado chepa de todo lo que pesan. Me da rabia. A veces me gustaría gritar a los cuatro vientos la verdad, pero reconozco que esta fama me viene bien, me ayuda a continuar con mis trabajos secretos. Si los oficiales desconfiaran de mí, no sería capaz de extraer tanta información y de pasársela después a Crisóstomo. Aunque este último relevo me tiene preocupada. De todos los capitanes que han pasado por aquí, este es el que está más pendiente de mis idas y venidas. ¿Sabes que ni siquiera me ha dado el pésame por tu muerte? No habla francés, pero uno de sus cabos sí, que bien que me anda transmitiendo órdenes a través de él. Y no veas qué órdenes: cocinar sin cebolla, hervir la leche durante media hora antes de servirla, dar la vuelta a su colchón cada dos días, no tocar bajo ningún concepto sus botas. ¡Sus botas! Si sentía que el anterior andaba detrás de mí todo el día, este ni te cuento. Hace un par de noches, cuando volvía de rezar a san Ignacio, me di con él de bruces a la vuelta de la capilla. No te imaginas el salto que pegué. ¡Me estaba espiando! O sea, que no es de los que delega en otros si tiene una sospecha. Es de los que se arremanga y se ensucia. Peligroso. Menos mal que no tocaba encuentro con Barre. Tampoco me gusta nada cómo mira al niño. Siempre que lo tiene delante no le quita el ojo de encima y soy incapaz de interpretar su mirada. No me gusta, no me gusta nada. Y Lucien. ¿Qué voy a hacer con Lucien? Ahora que no puedes contestarme te digo que vaya putada me hiciste. Sí, quiero que me oigas llamar a las cosas por su nombre. Putada. Una putada grandísima. Vuelvo al principio ¿qué es lo primero que te dije? Que no volvería a casarme y que no quería hijos. Y tú ¿qué me respondiste? Que contigo no corría peligro. Y te reíste a carcajadas, lo cual me ofendió un poco, si te soy sincera. Pero ese fue nuestro pacto. Sí, lo de casarme me ha venido muy bien, que si no ahora mismo estaría en la calle con una mano delante y otra detrás. Pero Lucien, ¿por qué vino esa chica a parir aquí? ¿Quién era? Te lo he vuelto a preguntar mientras delirabas, a ver si se te escapaba algún secreto. Ni por esas. En tus delirios has vuelto a la guerra y a la trinchera, no has salido de ahí, ni siquiera te has acordado de Ana ni de aquella criatura que murió antes de que le pusieras nombre. Si sabías quién era esa chiquilla, si tú eres el verdadero padre de Lucien, te has llevado esa información contigo. No tuve corazón para abandonar al niño y le quiero, pero ahora que solo estamos tú y yo, y Dios, que él todo lo sabe, no voy a decir que lo quisiera como a un hijo porque no sé cómo se quiere a un hijo. Intuyo que yo me quedo corta. No pongo sus intereses por delante de los míos, no daría mi vida por él. Lo sé. Como sé que lo he criado mal, no le he dado suficiente cariño, no he sido una verdadera madre. No le ha faltado nada material, le he cuidado bien y no le he maltratado, pero comparo cómo otras madres se relacionaban con sus hijos y en mí hay algo que no encaja, falta un no sé qué, una conexión, una naturalidad... algo que no sé nombrar pero que lo noto yo, lo nota Lucien, lo has sabido tú siempre. Como aquel día que estaba jugando con Zuri, no hace tanto. Fidel nos había traído al cachorrillo. Lo cogí en brazos, dejé que me chupeteara la cara, me reí a carcajadas, lo estrujé contra mí. Y dije que sí, que nos lo quedábamos y después pasé un buen rato jugando con él. ¿Y qué me dijiste tú? Te lo recuerdo: nunca te he visto hacer esos mimos a Lucien. Y lo peor es que lo soltaste delante de él. El crío no dijo nada, cogió su trenecito y se fue a jugar a otra parte. ¿Por qué lo hiciste? Desde que avanzó la enfermedad has tenido gestos muy crueles, impropios de ti, como llamar maricón al crío. No, maricón no, le dijiste que no hiciera mariconadas. ¿Es que estabas amargado y querías amargarnos a los demás o ya te estaba afectando la enfermedad a la cabeza? No te lo quiero reprochar, posiblemente ni te dabas cuenta, pero con cada comentario tirabas a matar. Con Marie Jeanne, lo mismo, el día que vino a verte a la habitación y se había maquillado, y le dijiste algo así como si se había convertido en la puta de los alemanes. No había quién la consolara después. ¿Sabes que todavía no le he dicho que te has muerto? Mandaré recado mañana para que venga al funeral, pero no quería que te viera así y quería pasar esta noche yo sola contigo. Aunque no me puedas responder igual me escuchas. Otra cosa que no entiendo es por qué has tenido siempre celos de Fidel. Te habrías puesto contento si te hubieras enterado de que ha desaparecido, ¿verdad? Pobre Fidel, dónde andará y qué habrán hecho con Aurora. No me lo quiero ni imaginar. Pero tú, sinsustancia, haber tenido celos de Fidel. Parece mentira que no me conocieras ya. No me interesan los hombres. No me interesa el amor. Todo eso hace vulnerables a las mujeres, las somete, las atonta. Es el mayor engaño para quitarnos la capacidad de actuar y pensar por nosotras mismas. ¿Te crees que no escarmenté con Nico? Si te lo dije mil veces, tontolaba, que yo en una de esas no volvía a caer. Y que no soy de naturaleza romántica, todo lo contrario. El romanticismo vuelve idiota a la gente. ¿Con Fidel? ¿Con Peio? ¿Con Barre? Con ninguno de ellos y mira que son buenos mozos. Nosotros, por muy casados que estemos en papel, nunca nos hemos debido nada en ese sentido. ¿Acaso yo te preguntaba sobre tu intimidad? No me interesaba lo más mínimo. Pero igual lo que a ti te ponía celoso no era si me arreglaba con Fidel o con cualquier otro, sino que con ellos yo tengo tratos que no comparto contigo. Al principio era solo producto. Yo traía aquí puntillas, medias, medicamentos, cosas que podía comprar fácilmente en Bayona o San Juan de Luz. Fidel las recogía y a cambio me dejaba café, vino y aceite del otro lado que yo usaba para el restaurante pero que también vendía de tapadillo. Eso no te importaba porque tú participabas, sobre todo en la venta. Pero luego, con la guerra de España la cosa se complicó, ellos empezaron a pasar gente, a dejarlos arriba en la borda o incluso en el gallinero, y yo a implicarme como enlace para recoger y hacer llegar documentos. Entonces tu actitud empezó a cambiar y yo cada vez te contaba menos, pero era para protegerte. Y, bueno, también para no darte la oportunidad de que me dijeras que lo dejara. Notaba tu malestar, no te lo voy a negar, pero estaba en mi derecho de seguir haciendo lo que hacía. Sé que si me escuchas estarás pensando que no lo estaba porque el hotel seguía siendo tuyo y con mi actividad yo ponía todo en peligro, pero este hotel es tan tuyo como mío, sin mí no hubieras durado ni una temporada y ¿con qué derecho puedes imponer tu voluntad sobre la mía? Con ninguno, amigo. Recuerda que con cada informe o cada vez que paraban aquí en un paso, nos embolsábamos nuestros dineros, que salvo excepciones, este trabajo siempre se ha cobrado. Y eso seguro que no te parecía mal, que aunque yo llevaba mis cuentas, mucho de ese dinero repercutía en el hotel. Así que chitón.

Ay, me río sola. Me caliento y te mando callar. Madre mía, estoy como una chota. Te has muerto a tiempo, querido, y a pesar de todo lo que te estoy diciendo, has sido lo mejor que me ha pasado en esta vida. Tu amistad, tu generosidad, tu alegría mientras la tuviste. Conocerte cambió mi vida y eso te lo agradeceré siempre. Siempre.

Ahora me dejas sola con todo esto. Con Lucien. Tengo que encontrar una solución, sacarlo de esta casa. No me quiero ni imaginar qué pasaría si me pillaran. Cualquier chivatazo, cualquier error mío. Te has muerto a tiempo, sí. Solo hubiese querido para ti una muerte en paz, con menos dolor, lejos de la pesadilla en la que se convirtió tu delirio final, lejos de esas trincheras que has resucitado, sin duda al sentir la presencia de los alemanes en tu propia casa. A ellos culpo de tu dolor. Ojalá nos protejas desde donde estés, querido Louis. Señor, acógele en tu seno.

***

Han acabado de cenar hace más de una hora y siguen ahí sentados. De qué estarán hablando. Algo serio porque hoy ni alzan la voz ni se ríen. Lo que daría por saber alemán, rediós. No puedo esperar más. Barre se estará poniendo negro. Salgo de la cocina, paso por al lado de la mesa. El capitán levanta la cabeza.

–¿Sale a estas horas, señora Nicolas?

–Voy a la capilla a hacer mis oraciones, si no le importa.

–Claro que no.

Me miran los cinco con la misma cara inexpresiva. Son unos segundos. Inclinan la cabeza como saludo. Les correspondo con otra inclinación y sigo mi camino hacia la salida. Siempre los mismos gestos, los mismos silencios y, de fondo, imagino que la misma suspicacia. Cruzo la carretera y rodeo la capilla. Quien la diseñó parecía que estaba pensando en proteger al santo de lo que pasa en el hotel, en la estación, aislarlo de lo que antaño era afluente de excursionistas y gentes ociosas. San Ignacio da la espalda al mundo y, de paso, me protege. Me arrodillo ante él, buenas noches san Ignacio, no habrás visto a Barre por aquí, ¿tú crees que esos de dentro saben en qué andamos? Si algún día lo averiguan, ¿me harás una señal? Oigo detrás de mí los pasos de Barre.

–Cuánto has tardado en salir, mujer.

–Estaban todavía de cháchara.

–Haber salido por detrás.

–¿Sin avisar? ¿Y si me llaman para que les sirva un coñac, qué? ¿Y si salen a buscarme? Déjame a mí preocuparme por lo mío y tú ocúpate de lo tuyo.

–Es que no veas el fregao en el que estamos. Peio no ha venido al encuentro.

–¿Detenido?

–No, no, ha dado aviso. Debe de estar enfermo o le ha pasado algo. No sé, el caso es que estoy colgado con cinco ahí arriba.

–¿Tú solo con cinco?

–Sí, son jóvenes y rápidos, pero aun así es demasiado arriesgado ir solo. Si vienes te embolsas lo de Peio y me haces un favor. No tienes que cruzar, me espera Joxemari en la chabola Txuri, justo antes de bajar al río. Vendrías hasta ahí mismo.

–Me da tiempo a volver antes del amanecer.

–Si no se complica nada, sí. Pero tenemos que salir en cuanto oscurezca un poco.

–Espérame con ellos abajo, en el punto de encuentro que uso con Peio.

Vuelvo al hotel. Respiro hondo antes de entrar al comedor. Siguen a la mesa.

–Disculpe, capitán Müller. ¿Necesitan algo más? Si no les importa, voy a retirarme.

–No necesitamos nada, señora Nicolas, puede irse. Buenas noches.

Me despido con otra inclinación de cabeza y subo a la habitación de Lucien. Abro la puerta cuidadosamente. Ya está dormido. Ojalá no se despierte en medio de la noche. Sabe que si no me encuentra puede meterse en mi cama, pero no me puede llamar ni buscar. Voy a mi habitación. Me quito el vestido y me pongo los pantalones, la camisa y el jersey, las alpargatas nuevas. Ya está oscureciendo. Bajo las escaleras esquivando las dos tablas que crujen, consigo no hacer un solo ruido, salgo por la puerta trasera y corro agazapada hasta el punto de encuentro. Ahí está Barre con los cinco jóvenes. Me miran sorprendidos. No esperaban una mujer, seguro.

–No hablan ni papa de francés ni de castellano.

–¿Les has hablado en euskera a ver?

–Qué graciosa. Anda, en marcha. Tú detrás. Que no se te pierda ninguno.

Echamos a andar a paso muy ligero. Me pregunto de dónde vendrán, cuál habrá sido su recorrido. Son soldados británicos pero les han quitado el uniforme y vestido de civiles, todos en alpargatas, alguno podría pasar por francés, aunque a esos dos rubios se les ve a la legua. El último se gira cada dos por tres, como si temiera perderme. Tranquilo, muchacho, mira para adelante no te vayas a dar un mamporro. La noche está despejada, iluminada por las estrellas y una luna casi llena. Es más cómodo para caminar, evitar tropiezos y perderse, pero mucho más peligroso. Prefiero las noches cerradas de invierno cuando tenemos que caminar agarrados unos a otros con los palos para no perdernos. Son pesadas pero seguras, todos los bichos se meten en sus madrigueras excepto nosotros. Barre está atento a las señales ahí delante, yo desde atrás controlo también los laterales y la retaguardia, pendiente de cualquier luz sospechosa, un farol, un cigarrillo, una cerilla, algo que pueda delatar la presencia de gendarmes, el ejército, la Gestapo. Se nota que han descansado con Barre y están frescos. Así da gusto, qué buen ritmo llevan. Si seguimos así y no nos desviamos estaré de vuelta para el amanecer. Que no se despierte Lucien. ¿Y si un día empieza a llamarme a gritos asustado? Desde que ha muerto Louis tiene pesadillas, pero es normal, ha pasado muy poco tiempo. Está solo. Le he dejado solo. Joder, me lo imagino vagando por el hotel buscándome. Dios, la que se puede liar. Esto ha sido una imprudencia, no lo tenía que haber hecho. Si hay algún imprevisto y tenemos que tomar la ruta larga, le voy a decir a Barre que yo me vuelvo. Tenía que haber dicho que no, que las circunstancias son las que son... bueno, a lo hecho, pecho, de momento va todo bien.

Vemos de lejos el caserío. Parece que todo en orden. Barre indica a los muchachos que se metan en la borda. Me quedo con ellos. Después de un rato sube con una cesta en una mano y en la otra un cubo con leche. La cesta está dividida en dos. En una parte hay unos talos, en la otra unas tazas de madera y alpargatas para cambiarse. Bebo una taza de leche y me como un talo. Estoy inquieta, tengo que volver si quiero llegar antes de que amanezca.

–Barre, me voy.

–¿No descansas más? Hemos llegado pronto. No son ni las dos.

–Estoy inquieta. Me voy.

–Está bien. Nosotros tenemos un rato hasta que llegue Joxemari.

–Que vaya todo bien.

–Igualmente. En un par de días paso a verte.

Me pesan las piernas pero no importa, voy tan rápida o más que a la ida. Hemos tenido suerte y nada se ha complicado, pero con peor suerte hubiéramos tenido que cambiar el recorrido y añadir dos horas. Ahora en verano con las noches tan cortas no puedo hacer esto, es demasiado arriesgado. En realidad, sin Louis para cuidar de Lucien no debería hacerlo nunca.

Estoy llegando con la primera luz. Cruzo la carretera, subo a la borda, bajo por la huerta y me cuelo por la puerta de atrás. Bendita puerta y bendito el arquitecto que diseñó este hotel. Subo directamente a la habitación, escondo las alpargatas en la cómoda. Las tiraré con la basura de la cocina durante el día. Me pongo el camisón, la bata, subo a la habitación de Lucien. Abro la puerta. No está. No está en su cama. ¿Dónde está, por Dios? Voy a la habitación de Louis. Abro la puerta. Todavía huele a él, a cerrado, a su enfermedad, a pesar de haber limpiado todo de arriba abajo. El olor se ha quedado impregnado en las paredes, en los muebles, en la cama. Y ahí está mi pequeño Lucien. Hecho un ovillo. Me tumbo a su lado. Me puede el cansancio.

–Ma, Ma. Te están llamando abajo.

Me sobresalto. Me he quedado dormida. Lucien está al pie de la cama, todavía en pijama.

–Te está llamando el capitán desde la cocina. Lleva un buen rato.

–¿Te ha visto levantado?

–No, no me he movido de aquí.

–¿Qué hora es?

–No sé, Ma.

Bajo tal y como estoy a la cocina. Müller da vueltas alrededor de la mesa y gesticula enfadado.

–¿Qué le pasa, mujer? ¿Dónde está el desayuno?

–Lo siento, mi hijo ha pasado una mala noche y apenas hemos pegado ojo. Me he debido de quedar dormida al amanecer. Enseguida les atiendo.

Se da la vuelta con un gesto brusco y sale de la cocina, haciendo retumbar el suelo. Mejor ni subo a cambiarme. Está claro que me tengo que organizar mejor. Había empezado con tan buen pie con este nuevo... comparado con la bestia parda anterior es una bendición. Es correcto, nada exigente, me estaba ganando su confianza. Y meto la pata así. No puede ser, Maddi, no puede ser.

* * *

Señor, dame una señal para saber que estoy haciendo las cosas bien. Lucien tiene que salir de esta casa. No es vida para un niño de once años, rodeado de soldados y arriesgándome como me arriesgo. Ya no está Louis para entretenerle y protegerle, que, a su manera, lo hacía. Bueno, al final ya no tanto, pero me entiendes. Estoy sola. Más sola que nunca. Cuánta pérdida, Señor. Primero Marie Jeanne, la echo tanto de menos, pero mandarla a servir a Biarritz es lo mejor que pudimos hacer. En sus cartas no me cuenta mucho, me dice que está contenta, que la tratan muy bien, que no le falta de nada. También me dice que en cuanto la llame, ella viene. Todavía no le he dicho la decisión que he tomado con Lucien, ¿me entenderá? En Biarritz está bien, mucho mejor que rodeada de soldados, es tan joven y tan atractiva, no podía tenerla aquí. Y además de qué íbamos a vivir si el hotel no da ni un céntimo. Ahora es verdad que, con todos los trabajos que hago, cada día entra más dinero, igual podría llamar a Marie Jeanne, necesito ayuda para servir a estos cerdos, pero me da miedo, Señor, imagínate que le pasa algo o que en cualquier momento una denuncia, un descuido, una imprudencia y me pillan. Pagan cien francos por denuncia, lo he visto en el periódico, y cada dos por tres sale en primera página una redada, seguro que provocada por un chivatazo. Y la situación no tiene pinta de que vaya a cambiar, los nazis ocupan países como si estuvieran de paseo, llegarán a la mismísima Plaza Roja y a su paso la gente agachará la cabeza, entregará a sus judíos, cobrará por denunciar, y a seguir viviendo como si nada. Y en muchos lugares ni siquiera necesitan la fuerza, tienen colaboradores entusiastas y voluntarios, como los fascistas al otro lado de la muga, deseando interceptarnos para coger a quien sea que llevemos, judíos, aviadores, refugiados políticos, y entregarlos directamente a la Gestapo. Y a nosotros con ellos. A mí con ellos.

Sí, Lucien debe ir al internado. A veces pienso, Señor, que tuvo muy mala suerte al nacer aquí. Si esa chica hubiera elegido otro lugar, incluso dejarlo en el torno de un convento, tal vez habría tenido mejor vida, con unos padres jóvenes y más normales, integrados en una comunidad, con más apoyos. Pero fíjate lo que le ha tocado: un padre anciano prematuro, muerto antes de su hora, una madre que no es madre del todo. Yo estoy a otras cosas más importantes. No lo digo con soberbia, Señor, no te enfades. ¿No crees que el trabajo que estoy haciendo es necesario? ¿A cuánta gente estoy ayudando? Esos que gracias a mí y a Barre y a Peio y tantos otros acaban salvando la vida. La semana pasada, sin ir más lejos, otra familia judía, la niña sería de la edad de Lucien pero tenía la mirada de una anciana. Cuando subí a la borda donde los dejó Dominique me miraban espantados, normal, pensarían que los habíamos metido en la boca del lobo, rodeados de alemanes. Pero no hay sitio más seguro en todo Sara que este y, por lo que me cuentan, en todo el territorio, que cada vez les cuesta más pasarlos por Biriatu y ya ni te cuento lo difícil que es acercarlos a la costa. Aquí los alemanes siempre están mirando a lo lejos, al cielo, al mar, a la frontera. Pero justo debajo de sus narices, en el gallinero o en la borda, no se pueden ni imaginar lo que escondo. ¿Hay algo más importante ahora mismo que hacer estos trabajos? Yo creo que no, Señor. Seguro que san Ignacio estaría de acuerdo conmigo. Él también fue guerrero.

Divago. Quería hablarte de Lucien, pero me pueden las otras preocupaciones. Está todo relacionado, si quiero internar al niño es para librarle de todo esto. ¿Cómo se lo anuncio? Dame fuerzas, Señor, que no me atrevo a decírselo. Aún no ha superado la muerte de Louis y ahora perderme a mí. Aunque a mí ya me perdió hace tiempo, apenas puedo ocuparme de él. Cuando no estoy de sirvienta, estoy en mis andanzas. Lo peor es la tensión, el miedo a que en cualquier momento alguien se chive, alguien caiga y cante porque si algo tiene la Gestapo es que hacen cantar de lo lindo. ¿Cómo has creado gente de esa ralea, Señor? Los soldados que están aquí ni tan mal, la mayoría vienen obligados y entre ellos hay chavales amables, incluso que se acercan a Lucien y chapurrean francés con él, alguno se atreve hasta con el euskera. Pero eso también me da miedo, nunca sé si lo hacen para sonsacarle. Es fácil sonsacar a un niño, aunque no tanto a Lucien. Nadie sabe lo que pasa por su cabeza, ni siquiera yo, como para hacerle hablar, sobre todo después de la muerte de Louis. Y ahora, Señor, ¿cómo le digo? ¿Cómo va a reaccionar? Espero no levantar sospechas, que empiecen a preguntar de dónde saco el dinero para pagar un internado de frailes si el hotel está cerrado al público. Las malas lenguas dirán que lo pago abriéndome de piernas y que me quiero librar del crío para hacer lo que me dé la gana. Una madre que pone otros intereses por delante de los de su hijo es una mala madre, pero sabes Señor que yo lo hago para protegerlo. Y qué mejor manera que enviarlo a la tutela de uno de tus servidores. Hasta que pase todo convivirá con otros niños, alejado de este miedo, esta tensión, esta incertidumbre constante. ¿Cómo, pudiendo, no voy a intentar sacarlo de aquí? Me quedo sola. Muy sola. Dios mío, pánico me da, pero no voy a dudar ahora. Te pido, señor, que lo protejas de todo mal y, en la medida de lo posible, a mí también. ¿Está Louis contigo? Ha sido un hombre bueno, seguro que sí. Y si lo mantienes un tiempo en el purgatorio, libéralo pronto, Señor. Te pido también que cuides de Marie Jeanne y que nada malo le ocurra. Y yo te ofrezco mi amor y hablarte con verdad. Amén.

9

Si no puedo ir a misa los domingos se van a aguantar y tendrán que escucharla en la radio. Retrasmiten desde la catedral de Notre Dame. A ver qué sermón suelta hoy el obispo, miedo me da. Me llevo el aparato a la cocina y lo pongo a tope mientras preparo el almuerzo. Hace un frío terrible, parece que el invierno no va a acabar nunca. A estos no les afecta, diría que hasta les gusta el tiempo extremo. El calor del verano tampoco parecía molestarlos demasiado. ¿De qué pasta están hechos? Yo aquí con mil refajos y ellos ahí fuera en mangas de camisa. Hoy tengo a varios para comer, como casi cada domingo este invierno, vienen desde Biarritz a la mañana, se encuentran aquí con el capitán Müller y suben después en el trenecito. Lo que daría por subir y ver en qué andan, pero imposible acceder, con tanta vigilancia y el alambre de espino. Los peces gordos de Biarritz me gustan menos, esos no se relajan, me tratan mucho peor que Müller y sus hombres. De todos los que han pasado por aquí, Müller es el más confiado, no ve en mí más que a una señora servidora y respetable. A ver si se queda una temporada. Tomo nota de las insignias del uniforme, cómo me gustaría saber alemán, el partido que sacaría a tenerlos aquí. Aun así hay cosas que puedo hacer, como fijarme en los rangos, número de soldados y movimientos, incluso despliegue de armas y maniobras, como las que hicieron con el armamento que les llegó en las cajas con distintivo soviético. Si hasta las armas les están quitando a los rusos, ¿qué esperanza tenemos de ganar la guerra? Las subieron a la cima en el trenecito y durante un par de días parecía que estaban de fiesta allí arriba, como si estuvieran echando fuegos artificiales. Qué bonito puede ser el horror cuando se ve de lejos. No sé si las estaban probando o si estaban celebrando que la victoria es suya. Aunque a veces me pueda la desazón por verlos aquí, triunfantes, tengo que tomar nota de todo, una nunca sabe para qué puede servir. Bueno, la sopa está terminada. Voy a preparar las tortillas de patatas. Todos los domingos tortilla de patatas. No está mal porque así les cobro los huevos, y se los cobro bien. Ya empieza el sermón. ¿Qué está diciendo este hombre? ¿Que hacer lo apropiado es obedecer? ¿Que lo importante es el orden? ¡Será sinvergüenza! Señor, pero ¿qué calaña de gente tienes al mando de nuestra Iglesia? El de Sara me negará la comunión, pero sabe de qué lado tiene que estar, y no es precisamente el de Pétain. El otro día este obispo ya me mosqueó con la forma de hablar de los judíos, al principio como que les defendía, pero acabó el sermón y me quedó la sensación de que justificaba todo lo que les está pasando. ¿Qué clase de amor cristiano es este? Estoy batiendo los huevos con tanta fuerza que me he salpicado entera. Apago la radio. Qué asco de país, qué asco de Iglesia. Sí, Señor, seguro que estás de acuerdo conmigo. Si tú vivieras hoy entre nosotros, serías de los nuestros.

–Señora Nicolas.

Qué susto me ha dado este castrón. Se asoma a la cocina como si estuviera en su casa. Está en su casa.

–Dígame, capitán.

–Ha apagado la radio, ¿no le ha gustado el sermón?

–Estoy a punto de dar la vuelta a las tortillas y necesito concentrarme. Es un momento delicado.

Se lo digo riéndome. Soy una actriz magnífica. Él sonríe, ¿será su sonrisa tan falsa como la mía?

–Enseguida les sirvo, capitán.

Inclina la cabeza, se da la vuelta y se va. Acabo de hacer las tortillas. Enciendo de nuevo la radio. La misa continúa, hago lo posible para no escuchar. Comienzo a sacar las soperas. Me siento agotada. Dentro de un rato vendrá José Ramón, menos mal. Desde que murió Louis y se fue Lucien, viene casi cada domingo, aprovechando que están todos aquí. No se le escapa ni un detalle. No me ha contado lo que hace luego con lo que observa, pero está bien así, él tampoco me pregunta por mis cosas. La mayoría de los días hace algún arreglo en el hotel o me echa una mano con la limpieza del gallinero y así disimula. El capitán ya sabe que es mi hermano y no sospecha de él. Tampoco sospecha de Barre, que viene muchas tardes, siempre con alguna excusa: que si trae leña, que si me sube algún recado del pueblo, que si deja abono en la borda para cuando pongamos la huerta. Ahora que se acerca la primavera será más fácil tenerlos a todos por aquí. Lo necesito. Necesito sentirme parte de algo más allá de este horror diario, hacer más, luchar más. Ahí están, sorbiendo mi sopa. Rediós. Cómo me gustaría envenenarlos a todos o robarles una de esas ametralladoras y ta-ta-ta-ta-ta, a tomar viento. El teniente levanta la cesta del pan vacía y el cabo que tiene a su lado la botella de vino. Hala, Maddi, a servir. Menos mal que me hiciste poco agraciada, Señor, y que ya estoy vieja, porque si tuviera que soportar una sola mirada lasciva de uno de estos, no sé lo que haría. Bah, seguro que sonreír, como sonrío ahora cuando les llevo el pan y el vino.

* * *

Barre me llama desde el huerto, lleva ahí un rato pero no me he querido asomar todavía. El capitán se está tomando un café en el porche. Se irá pronto con un par de hombres a Sara. Dejo de fregar los cacharros y salgo. Barre me hace señas como que me quiere mostrar algo entre el maíz. Me acerco y me susurra:

–Baja mañana a Sara a esta hora y vete donde Ignacio el charcutero. Te estará esperando en la trastienda alguien que viene con un encargo de muy arriba.

–¿Qué encargo?

–Ignacio no me ha querido decir, solo que te buscan a ti y que no faltes a la cita.

Vuelvo a la cocina. No miro al capitán al pasar. El corazón me late fuerte, no sé si de miedo o de excitación. De las dos cosas.

Paso el día con la cabeza en el encuentro de mañana. Se me hace eterno, a pesar de estar ocupada. Qué tarde anochece. Cualquier año por estas fechas estaríamos preparando la romería de Pentecostés, tendríamos el hotel hasta arriba de gente, el tren subiendo y bajando cargado de excursionistas. Ahora, solo silencio o voces alemanas, ruido de botas y de armas.

Por fin llega la noche. Sigo con la rutina de visitar a san Ignacio a última hora del día. Me dejo ver yendo a la capilla, tenga que hacer contacto con Barre o no.

–Buenos días, capitán. Les dejo aquí el desayuno. Voy al pueblo a hacer unos recados. ¿Necesitan algo?

–No, señora Nicolas. Hoy no volveremos hasta la noche. Que tenga buen día.

Irán a hacer maniobras. Perfecto, así no tengo que darme prisa por volver. Cojo la bicicleta y estoy en Sara en unos minutos. La aparco al lado del frontón y voy caminando hasta la charcutería. Solo está Ignacio detrás del mostrador. Me sonríe y me hace un gesto con la cabeza.

–Pasa al fondo, te voy preparando un paquete.

Entro y me espera en pie, con los brazos cruzados sobre el pecho y una sonrisa, un cura de unos sesenta años, más o menos de mi estatura, complexión fuerte. Lleva alzacuellos y traje negro. Me indica con un gesto que me siente a la mesa, él hace lo mismo. Tiene una cara que transmite simpatía al instante: nariz prominente, mandíbula ancha, labios finos, ojos claros, expresivos e inteligentes, detrás de unas gafitas demasiado pequeñas para su rostro ancho. Es algo cabezón y tiene una buena mata de pelo. No deja de sonreír al hablar y su voz es grave y dulce.

–Buenos días, señora Nicolas. Tenemos poco tiempo, así que déjeme que le explique. Soy el padre Bordes, vicario general de la diócesis de Aire y Dax, pero estoy aquí en representación del Ejército de la Francia Combatiente. Sabemos por nuestros informes que usted lleva años siendo el contacto principal en la zona de Larrún para actividades de información y de paso de personas y mercancías a este y al otro lado de la frontera. Sabemos que conoce bien el terreno y que tiene una red solvente de contactos. También sabemos que, a pesar de que el ejército invasor ha ocupado su hotel, usted sigue manteniendo esas actividades, con lo que ha demostrado su capacidad, su temple y su compromiso con la Francia Libre. Estamos estableciendo varias redes de evasión de soldados del ejército aliado, hay algunas bien aseguradas ya, pero no son suficientes, usted misma ha asistido alguna vez a estas redes, probablemente sin saberlo. Yo estoy a cargo de cuatro que llegan hasta aquí desde diferentes puntos del territorio ocupado. Quiero proponerle que usted se encargue de la organización de esta parte del recorrido, que establezca un punto o varios para que los transportistas dejen a los evadidos y que contrate a mugalaris para que los recojan desde ese punto y los guíen hasta el otro lado. Allí están organizando también la recogida para que los saquen a través de la embajada británica o, si eso no es posible, que lleguen hasta Gibraltar.

–¿Cómo saben ustedes todo esto de mí?

–Tenemos nuestras fuentes.

Hace un gesto dando a entender que la charcutería es una de ellas. Sabía que Ignacio era simpatizante, pero no que estuviera tan metido. Me aterra descubrir que alguien sabe tanto de mis actividades, pero no me debería sorprender. ¿No se ha sabido siempre en este pueblo quién anda en qué? Ahora me gustaría también saber quién colabora, quién investiga y da chivatazos no a la Resistencia sino a la Gestapo. Quién sabrá ahora mismo que estamos reunidos aquí. Que este hombre sea un cura me tranquiliza, también porque imagino que no estará vigilado como otros. Aun así...

–Usted sabe que no es lo mismo que yo actúe por mi cuenta que servir al ejército. El riesgo es más grande.

–Lo sabemos.

–Y que para mantener esa infraestructura se necesita bastante dinero, hay que pagar a los mugalaris, a los caseríos que nos asistan y otros servicios, como ropa, alpargatas, víveres. También imprevistos...

–Eso no es problema. Tendrá todo lo que necesite. Pero no he acabado. Queremos también que establezca un punto de intercambio de documentación, que recabe información de las tropas y que usted, personalmente y sin intermediarios, nos haga llegar esa información.

–¿A dónde?

–Burdeos.

–Muy lejos. ¿Cómo voy a justificar viajes a Burdeos cada dos por tres en el hotel? Imposible.

–Se puede buscar una excusa, un familiar enfermo, una tía moribunda. Una mujer como usted pasa desapercibida: viuda, de su edad, con su aspecto.

–¿Y qué información quieren?

–Todo lo que vea de movimientos, maniobras, idas y venidas de los oficiales, armamento. Recibirá instrucciones concretas.

–Eso lo he estado haciendo por mi cuenta, no es difícil. Organizar esta parte de la red tampoco es problema, pero eso de ir a Burdeos... no sé si seré capaz.

–Sí que lo es. Confíe en Dios. Él está con nosotros, de eso puede estar segura.

Ay, Señor, qué cosas tiene la vida. La Iglesia llamando a mi puerta, después de tantos años de rechazos y señalamiento. Aunque en realidad no es la Iglesia quien viene a mí, sino este hombre que está a tu servicio y, como debe ser, al servicio de los perseguidos, y al servicio de la defensa de lo que es justo. Si don Braulio viviera estaría haciendo lo mismo que él.

–Está bien, padre, cuente conmigo. Pero ¿le podría pedir un favor?

–Dígame.

–¿Nos volveremos a ver?

–Posiblemente sí, aquí o en Burdeos.

–La próxima vez que nos veamos, ¿podría confesarme y darme la comunión?

–Sabe que la Iglesia me lo prohíbe, está usted divorciada.

Vaya, de eso también se ha enterado.

–¿Y la Iglesia no le prohíbe ir en contra de sus superiores? Porque, que yo sepa, esos han ordenado callar y obedecer.

El padre Bordes me mira con sus ojos vivaces y media sonrisa.

–Estos tiempos nos enfrentan a decisiones difíciles, señora Nicolas.

–No hace falta que me lo diga. Lo sabré yo. ¿Me hará o no me hará ese favor, padre?

–No se lo puedo prometer. Sí le aseguro que lo voy a pensar seriamente. Discúlpeme, pero necesito que nos centremos en algunos detalles más. Cuénteme lo más clara y brevemente posible cómo funcionan las redes de su confianza. ¿Cree que podemos adaptarlas a nuestras necesidades?

–Perfectamente. Tengo un caserío con el que llevo trabajando años a dos, tres horas de aquí. Se puede llegar de varias formas, dependiendo de cómo esté la vigilancia. En ese caserío pueden descansar y, si es necesario, recibir avituallamiento. Piense que en el collado no se pueden quedar más que para establecer el contacto, es demasiado arriesgado.

–Sí, claro, lo entiendo.

–De ese caserío al Bidasoa hay unas tres horas más si nada se tuerce y la gente va a buen ritmo. El paso puede complicarse por mil motivos: porque el río vaya demasiado cargado, porque haya carabineros, porque ande la Gestapo, que cada día visitan más la frontera... y luego llegar a Oiartzun puede llevar entre cuatro y seis horas, dependiendo de qué camino estén obligados a tomar. Calcule un total de doce horas. Al otro lado mis mugalaris tienen también caseríos donde descansar, cambiar el calzado, alimentar a los evadidos y esperar al siguiente contacto. También cuentan con gente para vigilar el camino y avisar durante todos los tramos.

–¿Y cómo los avisan?

–Pues con sábanas, por ejemplo, depende dónde se coloquen y cómo, te dicen si hay peligro, si hay gendarmes o alemanes rondando. En el otro lado también usan los animales, como dejar una vaca rubia separada del resto, o llevarse las ovejas a otro pasto... Es un lenguaje antiguo que solo dominan los que llevan en el contrabando toda la vida. A ojos de alguien que no lo conozca parecen costumbres del día a día, no llaman la atención.

–¿Usted ha hecho el recorrido completo alguna vez?

–Sí, varias, pero normalmente no llego a cruzar.

–Me gustaría hacerlo un día, con el primer grupo. ¿Podría venir conmigo?

–Solo si me da la comunión.

El padre Bordes suelta una carcajada.

–Ya veo que es usted obstinada.

–Lo soy. Por eso soy mujer de fe.

–Tenemos que irnos. Recibirá instrucciones pronto. Le llegará noticia, desde San Juan de Luz o desde Biarritz, del número de evacuados y de la condición en la que se encuentran siempre que podamos. El recado se dejará aquí. Ignacio encontrará la manera de trasmitírselo. Aquí también le dejaremos instrucciones, documentación y pagos. Me despido ya, señora Nicolas. Salgo yo primero.

Se levanta, se alisa la sotana y extiende su mano por encima de la mesa. No para que se la bese sino para que se la estreche. Lo hago con fuerza. Estamos así unos segundos en los que me mira como si me estuviera leyendo el pensamiento. No hay nada que ocultar aquí, padre, lea lo que le dé la gana. Me sonríe. Me suelta y sale de la trastienda. Espero unos minutos. Ignacio me avisa para decirme que puedo irme. Tiene preparado un paquete, me lo entrega con una sonrisa.

–Gracias, Maddi. Esto es regalo de la casa.

* * *

El tren está abarrotado de soldados alemanes regulares, son molestos pero a estos no les tengo miedo. Lo peor son las SS y los de la Gestapo. Las cosas que cuentan de sus métodos dan pavor. No hace ni una semana arrasaron por los bares de San Juan de Luz y no sé a cuántos cogieron. De momento, no ha vuelto ninguno. Ya no queda nada para que empiecen a llevarse a la gente de sus casas, a que irrumpan de sorpresa, por la noche, sacándonos de la cama, medio desnudos, descalzos, vulnerables. Ay, Dios, ¿por qué pienso esto ahora, cuando lo que necesito es tranquilizarme? Tengo la excusa, la tía moribunda. El capitán Müller se creyó el cuento el primer día y hoy se lo ha vuelto a creer, o eso me ha hecho pensar. Un par de preguntas sobre mi relación con ella –lejana de parentesco, pero serví cuando casi era una niña en su casa–, su enfermedad –es vieja, capitán, simplemente eso–, cuánto tiempo necesito –nada, muy poco, voy y vuelvo en el día, cojo el primer tren de la mañana y vuelvo en el último de la noche. Todo parece ir bien, pero a mí esto no me sale a cuenta, le voy a decir al padre Bordes que mato a mi tía y que a Burdeos no vuelvo. Me paso el día en el tren, exponiéndome a que en cualquier momento me paren. Me pueden pillar de mil maneras. ¿Y si me para la Gestapo y me dicen que van conmigo a ver a mi tía? ¿Cómo explico yo que no haya nadie en el piso? O peor, si no me da tiempo a avisarlos y hay alguien esperándome para recibir la documentación. Solo pensarlo se me pone el estómago del revés. Rediós. O que entren en el vagón y me registren. No he sido tan tonta como para meter los papeles en el bolso. Los llevo bien apretados entre la faja y mis carnes. Van a llegar calentitos. Espero no oler a mierda de gallina, con ellas han pasado la noche. A mí eso no me importa, dejar y coger documentos del gallinero, darles informes, eso hasta casi me gusta, lo controlo, pero esto es demasiado, me expongo mucho en el camino de ida y vuelta, puedo despertar sospechas en el capitán y que se desbaraten por ello todas las rutas. De momento va todo tan bien: Barre, Juanchito, Peio… la de gente que habrán recogido y pasado ya, llevándoles a puerto seguro. He perdido la cuenta. Sería terrible que todo se fuera al traste por estos viajes que ¿no son innecesarios? Podrían fijarme un punto en Bayona y que de ahí lo lleven a Burdeos. Eso le tendré que proponer al padre Bordes. Además, todavía no me ha dado la comunión, a pesar de que yo sí que cumplí mi promesa e hice el paso con él. Castrón.

Necesito fijarme en la gente que me rodea en el vagón. Recordar todas sus caras. Por precaución. Qué contraste tan grande. El grupo de soldados ocupa casi la mitad de los asientos. En realidad ocupan todo el espacio con sus conversaciones a gritos, sus risas. Saben que pueden hacer lo que les dé la gana, que nadie les va a llamar la atención. Aun así, no se meten con nadie, no necesitan hacerlo para resultarnos desagradables, insoportables, odiosos. Se lee en nuestras caras, en nuestros cuerpos que se encogen mientras los suyos crecen. Las personas que viajan juntas hablan en susurros, hacen gestos mínimos, contenidos. Evitamos mirarnos a los ojos. El hombre que tengo en el asiento de al lado no se ha movido en las dos horas que llevamos de viaje. Parece que ni respira, con la cara pegada contra la ventanilla. Conozco ese gesto. Es de alguien que evita que se le reconozca, que intenta pasar tan desapercibido como el cristal de la ventana por la que contempla el paisaje. La mujer sentada enfrente de mí será de la edad de Marie Jeanne. Me recuerda a ella. Lleva un vestido veraniego blanco, salpicado de pequeñas florecillas rojas. Sus alpargatas blancas relucen. Seguro que son nuevas. Lleva los labios maquillados de rojo y el pelo rubio, casi pelirrojo, recogido en un moñete del que se escapan unos pocos rizos. Me mira varias veces y me sonríe, pero a pesar de que me resulta simpática, evito devolverle el gesto. No quiero entrar en conversación. Nunca sabes dónde está el enemigo, qué imprudencia o indiscreción te puede conducir a una caída tonta. Qué tristeza, este vivir en continua desconfianza, pero a cuántos compañeros no habrán atrapado por una conversación supuestamente insustancial. Si este país no estuviera lleno de colaboracionistas esta gentuza estaría ya de vuelta en su casa comiendo salchichas. Incluso el propio padre Bordes ha sido petenista hasta hace dos días. Y todavía no me ha dado la comunión. Maldito. Perdón, Señor. Pero ya me dirás tú si es justo eso de desobedecer a la jerarquía según a él le venga en gana. Mejor aparto esos pensamientos e imito a la estatua que tengo al lado. Es un paisaje precioso, ciertamente. Ahora mismo, en estos campos, seguramente estén escondidos algunos de los evadidos que me llegarán en unos días. Recuerdo las palabras de Barre: una vez que te conviertes en mugalari nunca volverás a ver el territorio de la misma manera. Lo verás con ojos avizores, ojos de noche, de tensión, de fugitiva.

Ya estamos llegando a la estación. Espero a que bajen los soldados. Todos esperamos, como si nadie quisiera adelantarse por si acaso. Por fin bajo y me encuentro en medio de un hormiguero de gente triste. Avanzo tan ligera como puedo y por fin salgo a la calle. Hace un calor pegajoso, demasiado para el mes de junio. Noto el sudor bajarme por el canalillo... directamente a los documentos. Qué bien, ahora además de a mierda de gallina olerán a sudor. Me río sola. Me sorprende ser capaz de reírme en esta situación, pero a todo aprende una. Me giro, como me han indicado que haga, para comprobar que nadie que haya visto en el tren me sigue. Pienso por un instante que la chica me va a seguir. Pero no. Intuiciones tontas. Lo que sí veo es una pareja de ancianos agarrados, muy juntitos, cabizbajos, a pocos metros, que se van acercando a mí. Los dos llevan un brazalete con la estrella judía. Les obligan así a exponerse al escarnio público, a mostrar, como si fuera algo vergonzoso, que son judíos. Libertad, igualdad y fraternidad. Me dan ganas de pararme y darles la mano, darles mi paz, pero sé que no debo, que eso sería llamar la atención. El hombre levanta la vista, me mira asustado al verme aquí parada, le sonrío de la forma más cálida que puedo. Vuelve a bajar la cabeza y sigue andando aferrado al brazo de su mujer, o su hermana, o su prima, da igual, una mujer judía con la que comparte esta humillación impuesta. Siento de nuevo un pinchazo en el vientre, aprieto contra mí los documentos. Esto tiene que acabar pronto. ¿Por cuánto tiempo se puede permitir una crueldad así? Me doy cuenta de que sigo parada, los ancianos me han rebasado y yo estoy aquí, en medio de la calle, sujetándome el vientre.

* * *

Debería haber vuelto ya. ¿Dónde está esta chiquilla? Con lo que llueve igual ha tenido un accidente con la bicicleta, se ha podido resbalar y caer. Ay, Dios, ¿y si le han llevado a un hospital y han encontrado el paquete? No le tenía que haber dejado ir, pero me ha insistido tanto. Justo viene de visita y me encuentra así de enferma. Me ha arrancado las manos del manillar y me ha traído a la fuerza a la habitación. Es verdad que tengo fiebre y que no estaba en condiciones de pedalear durante tantas horas. Necesito descasar. Cambiar Burdeos por Bayona me facilita la vida, pero la paliza de bici no me la quita nadie. Una vez a la semana. Incluso dos. Y el cuerpo tiene sus límites. Me da la sensación de que el mío ha alcanzado los suyos. Ahora en verano ni tan mal, pero ¿qué voy a hacer cuando llegue el invierno? No voy a pensar tan a largo plazo. Quién sabe, igual para entonces se acaba la guerra.

Imposible. Parecen invencibles, siguen avanzando hacia el este como si nada pudiera pararlos. ¿Cuánto tiempo podré continuar así? Se me pasa por la cabeza pedirle a Marie Jeanne que se ocupe de algunas acciones. Estando en Biarritz podría hacerlo. Pero no, es demasiado joven, un poco cabeza de chorlito y ¿con qué derecho la voy a poner en peligro? Además, si estoy ahora que no puedo con la preocupación, ¿cómo estaría si la meto en el ajo? No, no lo voy a hacer. Me puede el sueño, se me cierran los ojos. Caigo. Caigo en un agujero negro. La pareja de ancianos judíos de Burdeos está dando vueltas alrededor de un mástil en el que cuelga muerta una bandera negra. Él me mira, intenta gritar pero nada sale de su boca. Me señala los pies de ella y los tiene cubiertos de orugas gordas, peludas. Me giro, intento correr, las piernas no me obedecen. El capitán Müller me extiende una mano para sacarme de aquí, de este agujero que me engulle. Lo rechazo. El anciano judío me susurra vete, no te preocupes por nosotros, nos vamos a morir de mil formas diferentes y todas a la vez. Intento salir pero no avanzo, la oscuridad se hace más densa, como si la bandera negra lo ocupara todo. No la puedo atravesar, me envuelve, se estira, me asfixia. Ya no está el capitán. Empujo con mis manos, doy patadas, lanzo mi cuerpo contra la oscuridad pero me engulle, me cubre la cara. Soy yo la que intento gritar pero no puedo. Algo me sacude el brazo, oigo una voz cantarina que dice mi nombre. Maddi, despierta, Maddi. Abro los ojos.

–Maddi, despierta, soy yo, estás teniendo una pesadilla.

Es Marie Jeanne. Me mira preocupada. Pone su mano en mi frente.

–Estás ardiendo. Voy a ponerte un paño mojado.

Sale sin que me dé tiempo a preguntarle si ha entregado el paquete bien. Vuelve después de unos minutos con un paño y una palangana llena de agua.

–¿Conseguiste entregar el paquete?

–Uy, sí, ¡si sabes lo que me ha pasado! Así, déjate el paño un ratito, ¿no te alivia?

–Sí, gracias, hija. Cuéntame qué te ha pasado.

–Pues ya ves qué día ha hecho, que han caído chuzos de punta. Porque, mujer, qué emperramiento te ha dado para tener que llevar ese paquete hoy.

–No había más remedio. Era un compromiso. Sigue, anda.

–Pues a mitad de camino estaba yo que parecía un gato recién salido del río. He parado un momento y me he metido debajo de un árbol a ver si escampaba. Pero nada, chica, llueve que te llueve y venga a llover. Y yo tan empapada que me daba miedo que el agua traspasara el chubasquero y la blusa y se mojara el paquete, con lo que me habías insistido en que no se mojara lo más mínimo. Así que estoy en esas, toda despechugada comprobando que no se ha empapado el paquete cuando aparece un gendarme.

–¿Un gendarme?

–Sí, madrina, un gendarme guapísimo con una sonrisa que, madre mía, para comérselo de dos bocaditos, ñam, ñam.

–Ay, déjate de bromas, Marie Jeanne.

Toca el trapo, me lo retira de la frente.

–Si casi lo has secado del calor que desprendes. Jesús, María y José, qué fiebrón.

Lo humedece. Lo vuelve a poner sobre mi frente.

–¿Quieres hacer el favor de continuar la historia?

–Qué seca te pones cuando estás enferma, chica. Pues nada, que el gendarme, además de guapo para morirse y con unos ojos verdes y unos labios que...

–¡Al grano, Marie Jeanne Etcheverria!

–Pues nada, mujer, que me preguntó muy amablemente que a dónde iba en un día así y cómo es que me estaba quitando la ropa, que me iba a enfriar.

Se ríe a carcajadas, no deja de reírse mientras yo estoy aquí a punto de estallar.

–¡¿Y qué le dijiste?!

–Pues la verdad, que iba a Bayona con un encargo y que había parado para secarme. Entonces él me ofreció un trapo, asegurándome que estaba limpio, y me dijo que él también iba a Bayona, que me acompañaba, por si en cualquier momento necesitaba unas friegas. ¡Mira qué descarado!

–¿Y lo hizo? ¿Te acompañó hasta la dirección que te di?

–No solo eso. Era tan majo que cogió el paquete y lo metió en sus alforjas para que no me preocupara de él y llegara seco.

–¿El gendarme llevó el paquete en sus alforjas? ¿Y pasasteis juntos por el puesto de vigilancia?

–Claro, ya sabes que ese puesto uno no se lo puede saltar. Fuimos juntos, sí, pero Maddi, no entiendo, ¿por qué me hablas con este tono?

–Y te acompañó hasta la dirección de entrega.

–Ya te he dicho que sí, pero ¿qué pasa? ¿Qué he hecho?

No tengo derecho a enfadarme con ella, en realidad no ha hecho nada malo.

–Cámbiame el paño de nuevo, anda.

Se levanta de la cama, refresca el paño en el agua. Me lo vuelve a poner. Si me paro a pensarlo, la ligereza, la juventud, la belleza de Marie Jeanne pueden ser factores positivos para el trabajo. Podría hacer de enlace, cubrir la comunicación desde aquí con San Juan de Luz, Bayona y Biarritz. Tiene la excusa de venir a visitarme y...

–Maddi, háblame, qué pasa.

–Nada, bonita, disculpa. Es que me encuentro fatal.

–Cada vez que vengo a visitarte estás peor. No solo de salud, también de los nervios. Unos días estás irritable, otros triste, otros tan animada que asustas un poco. ¿Qué te pasa, Maddi? Ya sabes que a mí me puedes contar lo que sea.

¿Echas de menos a Lucien y a Louis? Seguro que sí. Hace mucho que no me hablas de Lucien. ¿Has vuelto a recibir carta?

–Claro que los echo de menos, a los dos. Y a ti. La última carta de Lucien es la que te leí. No ha vuelto a escribir. Cada vez lo hace menos o es que igual las cartas no llegan, no lo sé.

–Seguro que es eso, que el correo anda como anda, está intervenido. A mí tampoco me ha llegado carta este mes.

¿Será eso? ¿Que falla el correo? ¿Estará bien? Me temo que se sentirá abandonado, que igual me castiga con su silencio por haberle sacado de aquí, o por no ir a visitarle. Marie Jeanne quiere consolarme, pero sé que no estaba de acuerdo en enviarle al internado. Demasiado sensible, me dijo, para estar entre frailes.

–Hoy no tengo que volver a la Maison, mañana no trabajo. Me quedo aquí contigo y te cuido. ¿Hay que dar de comer a los cerdos?

–No, parece que hoy tienen salida. Igual es su despedida, parece que vuelven a cambiar de destacamento. O tal vez el capitán Müller se ha compadecido de mí y no quería darme trabajo.

–Seguro que no, esos no saben lo que es la compasión. Bueno, me alegra no tener que servirles. Te voy a hacer una sopita de cebolla. Tienes unas cuantas en la huerta que se están abriendo y hay que aprovecharlas. He aprendido una nueva receta, por cierto, ya verás qué rica.

Me vuelve a cambiar el paño y se queda sentada en la esquina de la cama contemplándome. Algo me quiere preguntar. Ya lo hará. Me entra un sopor que de nuevo me lleva a la oscuridad. Una oscuridad tranquila. Fría.

Me despierto y está todo oscuro. Con lo tarde que anochece debe ser medianoche por lo menos. Tengo un paño seco sobre la frente. Marie Jeanne. ¿Habrá hecho la sopa de cebolla? ¿Dónde está? Oigo voces en la cocina. Me levanto. Me cubro los hombros con una toquilla. Huelo a sudor. Voy al baño.

–¡Te has despertado! ¡Qué bien! ¡Te echaba de menos!

Marie Jeanne se asoma al pasillo.

–¿Cómo te encuentras? ¿Tienes hambre? ¿Te caliento la sopa de cebolla?

–Ay, niña, hazme una pregunta a la vez. Voy al baño y a asearme un poco. Ahora bajo.

–No, no, quédate en la cama.

–Quiero moverme un poco. He oído voces. ¿Quién está ahí?

–Tu amigo Barre.

–Pero ¿qué hace aquí? No debería entrar al hotel.

–Tranquila, los cerdos no han vuelto todavía.

–Aun así.

Me aseo rápidamente y bajo a la cocina y ahí está, sorbiendo la sopa y sonriéndome socarrón.

–Tranquila, jefa, que esto yo lo ventilo en un pispás y me voy. ¿Cómo andas? ¿Mejor? Ya veo que te ha vuelto la mala leche. Buena señal.

Barre siempre me desarma con su buen humor, como Marie Jeanne, soy incapaz de enfadarme con ellos.

–Ya me ha estado contando tu prima la intrépida el encuentro con su gendarme.

Por cómo me mira sé que está pensando lo mismo que yo. Podría funcionar. Marie Jeanne sigue contando detalles del encuentro, riéndose pícara. Vale. Vamos a ver cómo reacciona.

–¿Sabes qué llevabas en ese paquete?

–¿Cómo lo voy a saber si no me lo has querido decir?

–Documentación, informes secretos.

–Anda ya –nos mira a Barre y a mí con sorpresa–, no me toméis el pelo.

–Como hay Dios.

–Acábate la sopa y vete, Barre.

–¿No vas a dejar que me quede?

–Cuanto menos estés aquí, mejor, y ya llevas un buen rato. Venga, arrea.

–Vale, joder, pero mañana me contáis cómo acaba esto.

Coge el plato con las dos manos y engulle el resto de la sopa. Se seca con el pan antes de metérselo a la boca y sale mascullando de la cocina. Marie Jeanne se ha quedado blanca. Con un hilillo de voz me pregunta si no quiero que me sirva algo de sopa.

–No, deja. Luego la tomo. Vamos a hablar.

Me mira seria. Espera a que hable.

–Lo que has hecho hoy es una imprudencia tan grande que ha funcionado a las mil maravillas. ¿Te gustaría volverlo a hacer?

En unos segundos su cara se transforma, el ceño fruncido desaparece dando paso a una sonrisa.

–Si me encuentro con el gendarme de mis sueños...

–¿No puedes mantenerte seria ni cinco minutos? Me estoy arrepintiendo de contarte nada.

–Ay, perdona, ya sabes cómo soy, pero que haga bromas no significa que no esté muerta de miedo y que no me lo tome en serio, madrina. ¡Estoy temblando! Pero sí, claro que me gustaría volver a hacerlo. ¡Las veces que haga falta!

–Recuerda que por menos que esto se llevan a gente a torturar y a fusilar y a campos de concentración.

–Lo sé, Maddi, lo sé. Cuéntame más. Barre está en el ajo, claro, ¿cómo no iba a estar? ¿Sabía algo Louis? ¿O todavía no estabas metida? ¿Y cómo lo haces para no levantar sospechas? Ay, madrina, eres la más grande. Cuéntame, por favor, cómo empezó todo, qué cosas haces, cómo...

–Primero tengo que saber si puedo contar contigo para hacer lo mismo que has hecho hoy.

–Que sí, ¿no me has oído? Eso y más. Lo que sea.

–Bueno, tú ahora solo tienes que saber lo mínimo. Si nos cogen cualquier día, cuanto menos sepas, mejor. Simplemente harás lo mismo que has hecho hoy: vienes aquí de visita, te llevas un paquete, lo entregas en Bayona o donde te indique.

–Dime por lo menos quiénes son los de Bayona.

–Enlaces, hombres y mujeres como nosotras que servimos a una red mucho mayor, algunos a varias, y que hacen circular información y personas.

–¿Personas también? ¿Aquí? ¿Con esto infestado de alemanes? Y luego me llamas a mí imprudente, ¿estás loca?

–Como lo que has hecho tú hoy: es tan temerario que parece imposible. Tenemos la mejor coartada.

–Pero aquí, ¿dónde?

–Los documentos en el gallinero debajo del estiércol.

–Mira de lo que te sirvió trabajar en el caserío de Manuela...

–Los evadidos en la borda de arriba. No tienes que saber nada más. Si ves que es demasiado riesgo, si crees que no tienes la serenidad para hacer lo mismo que hoy sabiendo los peligros a los que te expones, ni se te ocurra aceptar. Cada eslabón de la cadena tiene que ser tan sólido como el anterior.

–Hablas como una generala.

–Generala no, pero mis superiores me llaman subteniente.

–Estás de broma.

–No, estás hablando con la subteniente Nicolas. A mí me da igual esto de los rangos, pero como es una estructura militar y mando sobre un grupo de informantes y mugalaris...

–Pues estoy a sus órdenes, subteniente.

–Piénsatelo un poco, Marie Jeanne, que esto es muy serio.

–No tengo nada que pensar. No quiero quedarme al margen. Y te voy a preparar esa sopa, que a cada rato que pasa te veo más consumida. Ahora no me extraña. ¿Cómo me lo has podido ocultar durante tanto tiempo? ¿No te morías de ganas de decirme? Ay, madrina cuánto me alegra que me lo hayas contado. ¡Y que confíes en mí! No te vas a arrepentir, ya verás. ¿Y qué hago con el trabajo? Debería seguir para no levantar sospechas, claro, ellos son de los nuestros, estoy segura, he visto algunas cosas que... ¡y si les oyeras hablar de los nazis!

–Me estás volviendo loca, Marie Jeanne, habla más despacio. Sí, podrás seguir trabando en la Maison Fortune, pero igual te tienes que ausentar de vez en cuando un par de días. ¿Crees que te dejarán?

–Sí, ya te digo que estos son socialistas o algo así, no sé, pero antifascistas seguro.

–Que sean lo que quieran, pero ni se te ocurra decirles en qué andas. Por mucho que parezcan de los nuestros. Les dices siempre que vienes aquí a visitarme, no busques otras excusas. Si son de los nuestros, posiblemente entenderán tus ausencias sin necesidad de que tú se las expliques.

–Barre pasa a gente, ¿verdad?

–Sí.

–¿Y me dejarás un día ir con él?

–Eso sí que no.

10

Quién me iba a decir a mí que me ibas a acompañar tanto, san Ignacio. Creo que te rezo más a ti que a tu jefe. Igual es porque estás aquí, en esta capilla tan recogida, dando la espalda a todos los horrores que sufrimos ahí afuera. O tal vez porque quiero creer que tú me entiendes. Tienes fama de haber sido muy valiente, también después de colgar la espada y coger los hábitos. Y obstinado y ambicioso. Nos entenderíamos bien. Oye, ¿ha vuelto a venir el condecorado a rezarte? Espero que a ese no lo hayas escuchado y que no vuelva. Esta es mi capilla. ¿No podré siquiera estar tranquila aquí? ¿Voy a tener que cambiar el lugar para mis encuentros con Barre? Yo pensaba que esos eran todos unos protestantes o unos descreídos o... un ruido. Me vuelvo. ¿Esa sombra?

–Ma.

Dios, no puede ser.

–Ma, no te asustes, soy yo.

Sale de las sombras. ¿Qué hace aquí, por Dios? No, no puede ser él.

–¿Lucien?

–Sí, Ma, soy yo.

Le tengo delante de mí. No lo puedo creer.

–¿Qué haces aquí?

–Dame un abrazo por lo menos, ¿no?

–Sí, hijo, ven.

Nos abrazamos y me doy cuenta de que su cabeza está a la altura de la mía. Sus brazos me aprietan con fuerza. Cómo ha crecido. Por primera vez, siento que es él quien me abraza para tranquilizarme. Estoy temblando.

–Hijo, ¿qué significa esto? ¿Cómo has llegado hasta aquí?

–No podía continuar en el colegio, Ma.

–¿Te has escapado?

–Pensé que igual te había llegado ya la noticia. Me he unido a la Resistencia.

–Eres demasiado joven, pulguita, no deberías...

–Ma, tengo doce años, casi trece, ya no soy un niño.

No puedo evitar reírme. Le acaricio la cara, él baja la cabeza, coge mi mano entre las suyas.

–Es verdad, y has crecido mucho, casi ni te reconozco, pero no puedes hacer esto, Lucien, es demasiado arriesgado.

–¿Crees que no me enteraba de las cosas que hacías cuando entraron los boches? Esa noche que casi te pilla Müller, ¿por qué crees que no salí de la habitación de papá? ¿Por qué crees que he venido a buscarte aquí? Sabía cuándo te reunías con Barre, te vi más de una vez esconder documentos en el gallinero, los pilotos de la borda, los judíos... Sé lo que estás haciendo, Ma, los riesgos que corres. Eres la mujer más valiente que ha pisado esta tierra. ¿Y me vas a decir tú que yo tengo que vivir en ese internado y pasarme el día rezando con los frailes?

–Pero hijo, yo soy ya una mujer mayor, puedo arriesgarme, conozco el terreno y sé cómo hacer estas cosas. Pero tú, mi pulguita, por mucho que hayas crecido y madurado, eres todavía demasiado joven.

–Mis compañeros no están de acuerdo contigo, Ma. Saben que nadie conoce estos montes como yo y ¿no te das cuenta de que soy un gran espía? Siendo mucho más joven que ahora ya sabía en qué andabas, por muchos secretos que quisieras guardar. También sabía que papá estaba enfermo mucho antes de que me lo contarais. Siempre me habéis infravalorado, habéis pensado que no me enteraba de nada.

–No, siempre te hemos querido proteger. Por eso te mandé al internado, para alejarte de todos los peligros.

–Pues gracias, Ma, pero no voy a volver. Seguiré luchando hasta que echemos al último boche de nuestra tierra.

–Pero hijo, ¿dónde vives? No me digas que andas a la intemperie. Está entrando ya el invierno y dicen que va a ser duro este año, no sé qué va a pasar con toda la gente que se ha echado a los montes, ¿no estarás en un campamento de esos?

–No te lo puedo decir, pero no te preocupes, Ma. Vivo cómodamente.

–¿Sabes si los frailes han dado parte a las autoridades? ¿Cuánto llevas escapado?

–Dos semanas, un poco más. Si a ti no te ha llegado nada, igual no se han chivado.

–¿Qué labores haces? ¿Qué te han encargado?

–No te lo puedo decir.

–Lucien.

–Es secreto, Ma.

–Como no me lo digas, te llevo yo de vuelta al internado.

–Pasos clandestinos. ¡Y no me hagas hablar más!

–¿En qué zona?

–No te voy a decir más.

Nos quedamos en silencio. No debe trabajar por aquí, lo hubiera sabido, aunque ahora estamos tantas personas implicadas que bien puede servir en otra red y no haberme enterado.

–Nada que te diga te va a hacer cambiar de opinión, ¿verdad?

–No, Ma.

–Si tu padre estuviera vivo me echaría a mí la culpa de esto.

–Es que la tienes. Siempre he estado orgulloso de ti y ahora más que nunca.

–Pero si te cogen.

–¿No dices que soy un niño? ¿Qué crees que me van a hacer?

Vuelvo a acariciarle la cara. Está más alto, sí, más fuerte, pero todavía no le ha salido ni pelusilla y sigue conservando su voz dulce de niño.

–Me voy, Ma, tengo una noche larga por delante.

–Dime por lo menos en qué zona estás.

–Adiós, Ma. No te preocupes por mí.

Me abraza, no tengo fuerzas para devolverle el abrazo, se despega de mí y desaparece en la noche. ¿Cómo ha podido pasar esto? ¿Dónde está el niño silencioso y tímido que era Lucien? ¿Cómo pueden permitir que un chico tan joven esté con ellos? Sé que hay algún adolescente en las partidas, pero ¿Lucien? Ha sido siempre tan frágil. O me equivoco. Igual no conozco a mi propio hijo. Detrás de esa aparente fragilidad hay carácter, temple, valentía. Si no estuviera tan angustiada, me sentiría orgullosa de él. ¿Cuándo te fuiste tú a la guerra, san Ignacio? Protégele, tú que le has visto crecer. Y yo que pensaba que estaba lejos de todo peligro. Mejor hubiera sido tenerle bajo mi mismo techo. Tanto miedo a que mis actividades lo salpicaran y ahora se mete él de lleno en la boca del lobo.

* * *

–Han caído Ariscoreta, Fagoaga, Mendiboure, Etchegaray...

–¿Y los contactos de Biarritz?

–Intactos, así que de momento ninguno ha cantado, pero no sabemos cuánto van a tardar.

–¿Qué hacemos, Barre?

–De momento, nada.
–¿Y ha salpicado a alguna otra red?
–Parece que no.
–Entonces está todo contenido.
–Parece que sí.
–¿Marie Jeanne lo sabe?
–Sí, la noticia ha llegado rápido a la Maison. Para cuando he ido, ya estaba enterada.
–¿Cómo está?
–Nerviosa, pero no lo aparenta. Ya la conoces.
–¿Estaban transportando algún grupo?
–No. Ha debido de pasar algo raro, un chivatazo o un infiltrado. Ya nos enteraremos.
–¿Y el padre Bordes?
–De momento, tampoco, pero él reclutó a Ariscoreta, igual a alguno más.
–¿Se sabe algo de Etchegoyen?
–Huido. A este no le pillan, ya verás.
–Dios te oiga. Es el que más información tiene.
–El más veterano.
–Como nosotros.
Los dos sabemos que es cuestión de tiempo, que ya nos hemos librado de chiripa varias veces, que si esto no acaba pronto vamos a caer. Pero no lo reconocemos, ninguno de los dos queremos decirlo en voz alta. Nos despedimos con un abrazo y Barre sale del gallinero. Entro por la puerta de servicio. Voy a prepararme un café, estoy destemplada. Hoy el hotel también está vacío. Desde que llegó el nuevo remplazo pasan más tiempo en la cumbre, vigilando la costa y el cielo, la llegada de bombarderos. Si no, andan peinando la zona, buscando maquis y fugados del servicio de trabajo obligatorio. Ha sido una bendición esa medida, la cantidad de chavales que se han sumado, que hasta ahora contemplaban la ocupa-

ción como si no fuera con ellos. Pero cuando se los han querido llevar a Alemania, ahí sí que han espabilado. El problema es que hay mucho desbarajuste y es más difícil controlar a los infiltrados. Y pasan estas cosas. De repente, cae parte de una red o, si los detenidos conocen detalles de las otras secciones, cae la red entera. Yo no sabría decir quién está más allá de este territorio, pero aquí nos conocemos todos. Incluso gente con la que no trabajo, como Dutournier, sé que está en la Resistencia, como sé que antes contrabandeaba. No sé si ha sido buena idea el café, me está removiendo el estómago. Estos nervios, Señor, los tengo destrozados. Menos mal que Lucien está de vuelta en el internado. Ojalá que con el susto no se le vuelva a ocurrir escaparse. Bueno, ha sido más que un susto y él lo sabe: han deportado a todos los de su grupo. Al final no sé si le salvó la edad o que a él lo detuvieron los gendarmes. O las dos cosas. Le verían tan jovencito que igual les dio pena y no lo entregaron a la Gestapo. Fue listo, les dijo que se había escapado del internado en busca de aventuras, se hizo el joven locuelo que no se entera de nada. De esa forma se pudo librar de los interrogatorios. No puedo ni pensar qué le hubieran hecho. Lo hubieran destrozado y él lo sabe, pobre pulguita. Los gendarmes se lo pasaron de lo lindo contándole minuciosamente cómo la Gestapo lo iba a torturar si lo entregaban. Unos sádicos, pero en el fondo se lo agradezco, también que me avisaran para ir a recogerle y llevarle de vuelta con los frailes. Estaba tan asustado, todavía le temblaban las manos, tan delgado después del tiempo en el monte, tan pálido... Me prometió que no volvería a escaparse y el director me aseguró que lo tendrían controlado, pero que no lo castigarían. Me dejó claro que aprobaban las motivaciones que lo habían llevado a hacer lo que hizo, pero que a partir de ahora lo protegerían mejor. Si se vuelve a escapar y lo pillan ya no... pero no puedo pensar en ello. Ahora está a salvo. No puedo pedir más. Mi cabeza no para de pensar en detenciones y deportaciones. A cuánta gente se han llevado y no ha vuelto a aparecer, al principio a las familias les llegaba notificación de la muerte del detenido, siempre decían que había muerto de un fallo cardiaco. Últimamente, no se dignan ni a mentir. Voy a ponerme a planchar sábanas. No, mejor limpiar a fondo los baños, a ver si me entretengo y dejo de pensar. Si te deportan a Alemania, se acabó. Mientras estás en una prisión francesa hay esperanza, se puede establecer contacto, incluso se ha planeado alguna fuga, pero si te montan en el tren, estás jodida. Señor, ¿cuándo va a acabar esto? Según mi comandante los alemanes han perdido la guerra con la debacle de Stalingrado pero, hasta que no los vea fuera de mi hotel, yo no me lo creo. ¿Será Riedl el último a quien tengo que servir? Mi comandante me dice que confíe en él, al fin y al cabo tiene información directa del alto mando, que aguante, que ahora más que nunca necesitamos resistir, que De Gaulle estará pisando París en nada, que es el último esfuerzo. Pero cada vez estoy más cansada, cada vez me cuesta más mantener las formas delante de Riedl, aunque está claro que no está en absoluto interesado en controlarme. Es incluso más despreocupado que Müller. Me da la impresión de que lo único que quiere es volver a su casa, a sus montañas, que dice que son tan parecidas a estas. Nunca una mala palabra ni una pregunta inquisitiva. Igual, Señor, es tu forma de protegerme, como has protegido a Lucien. No, no voy a limpiar los baños. Estoy tan cansada. Ya ni siquiera sé si lo que tengo es miedo. Lo que siento es un pozo sin fondo de cansancio. Y ahora caen todos estos. Esa línea, al garete. Solo espero que no haya un efecto dominó y empiecen a caer las otras porque, si es así, en algún momento nos tocará una ficha y... a tomar viento.

***

Ignacio me hace un gesto desde la segunda fila. Le esperaremos cuando acabe la misa. Hacía tiempo que no venía, pero no me quería perder la misa del Gallo. Nunca he faltado, ni en los peores momentos. ¿Habrá peor momento que este? Llega la hora de la comunión. Marie Jeanne se queda sentada a mi lado.

–¿No comulgas?

Me mira con una sonrisa triste.

–No. No me acuerdo cuándo fue la última vez que me confesé. Para qué.

Me arrodillo mientras la congregación comulga. Marie Jeanne se queda sentada. Es difícil mantener la fe en estos momentos, Señor, entiéndela. Yo te sigo rezando, sigo creyendo en ti y pienso que, a pesar de todo, nos proteges. Cuántas veces habremos estado a punto de caer y seguimos aquí, vivas. No pasamos tanta necesidad como otra gente, en París se mueren de hambre pero a nosotras no nos falta un buen plato a la mesa, ni a Marie Jeanne en Biarritz ni a mí aquí. Lucien está a salvo de momento, lejos de todo peligro. Tengo mucho por lo que darte las gracias, Señor, pero tienes que hacer algo para que acabe esta guerra, para devolvernos la tranquilidad y a mí el hotel. Quiero dejar de esconderme, quiero dormir tranquila, quiero recuperar a Lucien, quiero dejar de escuchar que Fulano o Mengano han caído, quiero cerrar los ojos y no ver soldados alemanes, abrirlos y no seguir viéndolos, quiero que Marie Jeanne se enamore y tenga los hijos que quiera, en paz, quiero volver a tener la energía y el humor para ponerme en la cola y pedir la comunión y que no me la den y que no me importe que hablen de mí, pero no como ahora, Señor, que me trago las miradas de desprecio, incluso de odio, de los que piensan que me entiendo con los boches, y mientras, ahí estoy, arriesgando la vida a diario. A veces no siento nada, solo cansancio y a veces tengo tanto miedo que ya no sé si es miedo lo que siento. No sé en qué andas, Señor, para no hacer las cosas algo mejor. Todos los días noticias de fusilados, de deportados, de detenidos y muertos, de hambre, de bombardeos. ¿Qué tiene que pasar para que intervengas de una vez?

Marie Jeanne me acaricia el hombro. Está todo el mundo levantándose y saliendo de la iglesia. Ni me he enterado de que ha acabado la misa. Me pongo de pie, me santiguo, aunque no te lo merezcas, y la sigo por el pasillo. Se acerca Ignacio, se pone a mi altura y me susurra:

–Han detenido a Bordes.

Tenía que pasar, mucho han tardado en detenerlo, casi seis meses desde que cayeron los otros. Pensaba que estas navidades iban a ser las peores de mi vida, pero no imaginé que llegaran a esto. ¿Cuándo me darán el primer golpe? Marie Jeanne ya sabe lo que hay que hacer: negarlo todo, me visita una vez a la semana porque estoy sola, hoy estaba conmigo porque es Navidad y tiene libre en la Maison. Y no mentirá. Es cierto. Estaba pálida, descompuesta, cuando nos han separado y a ella le han metido en un coche y a mí en otro, entre dos agentes cada una. Para que no hablemos, seguro, para asustarnos. No les ha importado que sea 25 de diciembre ni que el capitán Riedl les haya hecho frente. No sé qué les habrá dicho, pero claramente no quería que nos llevaran. ¿Cumplirá con lo que ha prometido? ¿Vendrá a ayudarnos? Han registrado mi habitación de arriba abajo. No han encontrado nada. Tampoco en la cocina ni en el gallinero ni en el resto de las habitaciones de servicio, ahora vacías. Nada. Tomamos la desviación hacia Bayona. Nos llevarán a su comisaría. ¿Qué nos harán? Recuerda lo que has aprendido: si das un mínimo estás perdida, no habrá fin a la tortura hasta que te vacíen. Negarlo todo. Eres una viuda respetable, con un hotel ocupado, has servido de forma excelente al ejército alemán, a todos los que han ido ocupando el hotel, ahora al capitán Riedl y sus suboficiales, no tienen ninguna queja, estás sola, Marie Jeanne te ayuda, si nombran a Barre, es un buen vecino que también ayuda. ¿Habrá caído Barre? El primer coche para, bajan a Marie Jeanne de buenas maneras, a ella tampoco la han esposado. Paramos también nosotros, abren, sale primero el que tengo a la derecha, desde fuera me ofrece la mano para que salga. Se la cojo. Nos escoltan por el edificio. A Marie Jeanne la meten en una celda, a mí me dejan sentada en una silla de metal en el pasillo. Desaparecen por detrás de la puerta. No hablan ni siquiera entre ellos. Oigo el teléfono varias veces, descuelgan y hablan, pero apenas oigo las voces. Tengo frío. Hace frío. Me doy cuenta de que no me he fijado en la cara de ninguno. No les he mirado a la cara. Es el pavor. Me han dejado aquí sola. Sin esposar. En este pasillo. ¿Estará Marie Jeanne con alguien en la celda? No me atrevo a gritar su nombre. Quiero recordarle que no se fíe, que a veces ponen confidentes en las celdas para hacer hablar a los detenidos. Pero Marie Jeanne ya lo sabe. Confía en ella. Está preparada. Tiemblo. No tiembles. La espera es parte de la tortura. El silencio es parte de la tortura. La oscuridad y el frío son parte de la tortura. Se abre una puerta. Sale uno de los agentes. No sé si iba en mi coche o en el de Marie Jeanne. Ahora sí le miro a la cara, pero está tan oscuro que apenas distingo sus rasgos. Son delicados. Me hace un gesto para que me levante y le siga. Pasamos a una habitación en la que solo hay una silla y una bombilla colgada del techo. Aquí no está el teléfono que ha estado sonando. Se abre en la pared derecha otra puerta que conecta con lo que parece una oficina, plenamente iluminada, entra otro hombre, mucho más corpulento en mangas de camisa. Este es el que pega, el otro el que pregunta. Me hace un gesto para que me siente. Lo hago. Me tiemblan las piernas. El fino habla francés con acento alemán:

–¿Qué tal se arregla con el capitán Riedl?

–No entiendo a qué se refiere.

–Qué relación tienen.

–Le sirvo.

–¿Cómo?

–Mantengo el hotel a su disposición y al de sus suboficiales, como he hecho con todos los que han venido desde junio de 1940.

–¿Nada más?

–No, ¿qué más voy a hacer?

–¿Conversan, se han hecho amigos?

–No.

–¿Por qué no?

No sé qué contestar. No pensaba que el interrogatorio iría por aquí.

–Porque no sería natural.

La respuesta parece que le descoloca. El bruto no dice nada, solo me mira. Estoy más tranquila. Estoy centrada. Voy bien.

–¿Y su sobrina?

–Es mi prima, Marie Jeanne. ¿Qué quiere saber de ella?

–¿Qué hace en el hotel?

–Nada, viene a verme y me echa una mano de vez en cuando, pero ella trabaja en Biarritz.

–En la Maison Fortune, lo sabemos. ¿Qué relación tiene ella con el capitán?

–Ninguna.

–¿Conoce usted al padre Bordes?

Controla, Maddi. Respira hondo. No hagas un solo gesto.

–No.

El sopapo ha llegado de forma tan inesperada como la pregunta. Estoy en el suelo, aturdida, no me puedo mover. Me cogen por las axilas y me sientan.

–Vamos a dejarla aquí un rato y visitar a su prima Marie Jeanne.

Les quiero decir algo, entretenerles, me sale una especie de gruñido, de quejido, no puedo mover la boca, estoy mareada, me escurro de la silla y me dejo caer al suelo.

Oigo voces fuera. La puerta se abre de forma abrupta. Me incorporo. Es el fino. Viene con el capitán Riedl.

–Levántese, señora Nicolas. La llevo de vuelta al hotel.

–¿Marie Jeanne?

–Está fuera, en el pasillo esperando. No se preocupe, está bien.

El fino no dice nada. Se queda de pie, en el cuarto. No quiero mirarle a los ojos. Marie Jeanne tiene los ojos muy hinchados, como de haber llorado, pero no tiene la cara marcada. Igual el capitán ha llegado a tiempo. Salimos de la comisaría. El chófer del capitán está esperando. Nos abre la puerta trasera, entramos Marie Jeanne y yo. El capitán ocupa el asiento delantero. Cojo la mano de Marie Jeanne. Está fría y sudada. La aprieto. Nos miramos. Siento alivio y terror al mismo tiempo.

–Gracias, capitán Riedl.

No responde. Insisto en hablarle. Quiero que me diga algo, cualquier cosa.

–No entiendo por qué nos han detenido, capitán.

–Le voy a decir esto una sola vez, señora Nicolas: no podré volver a salvarlas. Usted decide si quiere continuar haciendo lo que hace.

Su tono es el mismo que cuando me pide que les cocine sopa de cebolla o me pregunta si está planchada su camisa. Marie Jeanne me aprieta tanto la mano que me hace daño. ¿Qué respondo? Nada, qué voy a responder. ¿Sabe o solo sospecha? En cualquier caso, ¿por qué no me ha denunciado? ¿Por qué nos ha rescatado de manos de la Gestapo? Todos estos meses bajo el mismo techo y no sé nada de él. Le he visto como un uniforme enemigo, como una imposición, alguien a quien tengo la obligación de servir y engañar al mismo tiempo. ¿Será de esos oficiales antinazis? Dicen que existen, como el cabo austriaco ese que avisa de las redadas en San Juan de Luz. Estoy confundida, aturdida por el dolor de cabeza y de mandíbula. Solo ha sido una bofetada, ¿qué hubiera sido de mí de no aparecer el capitán? Me toco la cara, la tengo sensible.

–¿Te duele?

Diría que a Marie Jeanne le ha cambiado la voz. Ya no canta al hablar.

–Un poco.

–¿Te han pegado mucho?

–No. A ti no te han tocado, ¿verdad?

–Ni siquiera me han sacado de la celda.

–¿Había alguien contigo?

–No.

Está claro que la Gestapo sabe algo de nuestras actividades, por lo menos que tenemos vinculación con Bordes. Solo por eso ya nos podrían fusilar. Pero está claro también que el capitán tiene suficiente influencia como para librarnos de esta. Igual nos aprecia y quiere protegernos, y está claro que haciéndolo se protege a sí mismo también. Sería un escándalo monumental que descubrieran que hemos estado haciendo la resistencia bajo sus mismísimas narices y las de todos los anteriores.

–¿Por qué sonríes?

–No sabía que estaba sonriendo. Nada, –susurro– estoy pensando maldades.

Marie Jeanne me mira sorprendida. Sonríe también y apoya su cabeza en mi hombro. Se queda adormilada, o lo parece. Llegamos a casa. El chófer me abre la puerta. El capitán se la abre a Marie Jeanne. Entramos juntos.

–¿Desea algo, capitán, antes de retirarse?

–Nada. Que descansen.

–Feliz Navidad, le dice Marie Jeanne, tímida.

–Feliz Navidad, señorita Etcheverria. Señora Nicolas, no olvide mis palabras. Feliz Navidad.

Hace chocar sus talones. Un gesto sinsentido. Sube las escaleras en silencio. Cuando quiere sus botas no retumban. Saco una botella de coñac y dos vasos. Le hago un gesto a Marie Jeanne para que se siente. Abrimos la botella y brindamos sin palabras y sin alegría.

* * *

Me habla a gritos y el soldado que le traduce también. Están en el umbral de la puerta. Que se vayan ya, por Dios. No puedo mirarle a la cara. Estoy aterrorizada. No puedo parar de temblar. Me castañean hasta los dientes. ¿Voy a tener a esta bestia bajo el mismo techo? ¿Cómo voy a poder seguir con lo mío? Entiendo palabras sueltas. Los gritos. Ese acento horrible. Digo a todo que sí, no alzo la cabeza. Es teniente coronel, no capitán, pero no he entendido el apellido. Qué habrá sido de Riedl. Ojalá le hayan mandado de vuelta a casa. Me han desbaratado el hotel. Estará informado de la detención. ¿Cómo voy a arreglarlo todo? No puedo pedir a nadie que venga a ayudarme, no quiero exponer a Barre ni a José Ramón, no con esta bestia aquí. De momento ellos no son sospechosos, por lo menos no los han llevado a interrogar. No, tengo que arreglármelas sola. Parece que ya ha dicho todo lo que tenía que decir. El soldado añade algo de cepillar un abrigo, qué abrigo, si estamos a veinte grados. Da igual. Ya queda poco, está claro. Cómo han cambiado las tornas, antes se les veía por aquí como si estuvieran de vacaciones, ahora están acorralados, claro que sí, desesperados, violentos. El tipo golpea dos veces su bota con la fusta, dice algo que el soldado no traduce y se van caminando rápido hacia la estación. Me voy tranquilizando. Tengo que avisar de la nueva situación, que extremen todos las precauciones. ¿Cuánto más se pueden torcer las cosas?

***

Acabo de vestirme. Barre me espera en el gallinero. Solo hace dos días que iniciaron el desembarco y esto es ya un sinvivir. Tenemos que dar cuenta de todos los movimientos, si se movilizan a las tropas de aquí, si refuerzan el control aéreo en la cima... y recuperando evadidos a marchas forzadas para reincorporarlos al frente. Si alguien piensa que aquí estamos tranquilos, lejos de la batalla principal, está muy equivocado. Y todo el día con los ojos del puñetero nazi en la nuca. Bajo descalza, con las alpargatas en la mano. Tiemblo. El frío. El miedo. Está todavía oscuro. Mientras me calzo para entrar en el gallinero escucho un grito ahogado. Me doy la vuelta, a punto de echar a correr. Una mano fuerte me agarra, me da un sopapo. Caigo al suelo. Mis ojos se van acostumbrando a la oscuridad. Barre está amordazado, en el suelo, con las manos esposadas, rodeado de seis hombres de paisano. Gestapo. Aquí están, tal y como esperaba, de madrugada. Uno de ellos enciende un quinqué. Esta vez sí les miro a la cara. No están ni el fino ni el bestia entre ellos. Me hablan en alemán. Entiendo que dicen mi nombre. Uno de ellos me da una patada en las costillas. Me quedo sin aire. Bota en la espalda. Me retuercen los brazos. Me esposan. Me levantan del suelo entre dos. Le quitan la mordaza a Barre.

–Ya les he dicho, que he venido a robarte unos huevos.

Patada en la cara a Barre. Queda inconsciente en el suelo. Le ha dado tiempo a decir lo suficiente, aunque posiblemente no sirva de nada. Tres salen. Los otros se quedan en el gallinero. Con el quinqué revisan todos los rincones, espantan a las gallinas. Se oyen ruidos en la casa. Deben de estar registrándolo todo. ¿Les habrá avisado el teniente? No cuadra. Tenían que saber que Barre estaría aquí a las cinco de la mañana y que yo bajaría a verlo. Esto ha sido un chivatazo de alguien que conoce bien nuestra dinámica. Y si hemos caído nosotros, también tendrán a Marie Jeanne. Me duelen las costillas. Acostúmbrate a este dolor, Maddi, porque lo que te espera es mucho peor. Mira Barre cómo está. En un momento lo han destrozado. Estamos tan cerca de acabar con ellos. Lo saben y están desesperados. Lo que me espera. Lo que me espera es mucho peor. Vuelven los otros tres. Me incorporo un poco. Uno de ellos viene hacia mí cogiendo carrerilla. Patada en el estómago. Caigo doblada. El dolor me ahoga. Nos levantan. Nos llevan hasta los coches, escondidos detrás de la estación. San Ignacio, en un tiempo no te veré. Protégeme. Dame fuerza. Empujón. A Barre le meten en el coche sin quitarle las esposas, a mí sí me las quitan para que entre. En su coche van cuatro. Conmigo se quedan dos. Se sienta uno a mi lado. El otro conduce. Apenas hablan entre ellos. Me obliga a meter la cabeza entre las piernas. Apoya su brazo en mi espalda. Señor, a dónde nos llevan. Ayúdame a controlar este miedo. Las primeras horas son las peores, cuando quieren sacar la información rápidamente para multiplicar las detenciones, que no dé tiempo a que los demás huyan. Sé lo que tengo que hacer: si no puedo más, dar los nombres de los que ya cayeron o de los que están huidos. Pero ese truco se lo saben y seguirán presionando. Han empezado fuerte. Si sabían de la reunión con Barre es que tenemos topo dentro y, si tenemos topo dentro, hemos caído todos menos él. O ella. Y si hemos caído todos ¿para qué nos van a torturar? Para divertirse. Para vengarse. Porque sí. ¿Cómo voy a saber quiénes hemos caído? Me clava el codo. Gimo. Mi propio aliento me asfixia. Habla a gritos muy cerca de mi oreja. El conductor no responde. Suena como un loco. Hunde más su codo. Sigue gritando. Me parece escuchar que el otro se ríe. Están jugando, claro, quieren prepararme para cuando lleguemos. Dios. Sabía que este momento iba a llegar. Me lo he imaginado de mil maneras, pero ninguna como esta. ¿Nos habremos descuidado? Igual sí. Habíamos convertido en costumbre que Barre me visitara a esa hora siempre que hubiera información. Veíamos ya el final. Demasiado cansados. Y aquí estoy. Aquí estamos. Pero ¿quiénes?

El coche se para. Me coge del pelo para que me incorpore. El conductor abre la puerta. Reconozco el edificio. Hendaya. No veo el coche de Barre. ¿Le habrán traído aquí también? No se molestan en esposarme, me empujan para que me dirija a la puerta. Está amaneciendo. Un amanecer rosado. Precioso. ¿El último? Igual hoy es tu día, Maddi: 8 de junio de 1944.

***

Me miro la mano izquierda. Los dedos se multiplican. Bailan. El meñique no se mueve. Enfoco. Me esfuerzo. Cinco dedos. Ahora sí, pero el meñique no responde. Está desencajado. Muevo el brazo derecho para tocarlo, me atraviesa un pinchazo desde el hombro hasta la mano que me paraliza. Siento frío en la espalda. Estoy en el suelo. Giro la cabeza. Hay más gente aquí. Me han traído a una celda con otras personas. Me intento incorporar. No puedo. Dios mío. Me mareo, siento náuseas, me sube el vómito. Solo tengo bilis. Siento una mano que me sube un poco la cabeza, me la apoya en su regazo.

–Tranquila, estás a salvo.

No reconozco la voz, intento ver la cara que se inclina sobre mí. Todo se nubla. Cierro los ojos. Me dejo ir en la oscuridad.

Mi cabeza reposa sobre algo mullido. Lo toco con la mano derecha. Es un jersey, una prenda de lana. Abro los ojos. Varios bultos frente a mí. Tengo sed.

–Ma, Maddi. Por fin has despertado.

Es la voz de Marie Jeanne. Ahora la veo. Se acerca a mí arrastrándose. Mi boca tan seca que apenas puedo despegar la lengua del paladar.

–¿Cuándo me han traído aquí?

–Hace rato, no sé. Nos quitaron los relojes. No sabemos cuánto tiempo ha pasado.

–¿Qué te han hecho?

No me contesta. Ya la veo mejor. Tiene la cara abultada, deformada. Un ojo totalmente cerrado.

–¿Qué te han hecho? El ojo. Ese ojo. Déjame verte.

–Tú has estado más tiempo. Conmigo acabaron rápido. Se cansaron. Solo he dicho lo que acordamos. Nada más.

Se tumba a mi lado. La celda está muy oscura pero aun así distingo sangre en sus piernas. Los pies descalzos.

–¿Qué te han hecho?

Marie Jeanne se acurruca contra mí. Intento acariciarle el pelo, pero el dolor me impide mover el brazo. Cuento los bultos en la celda. Seis mujeres más amontonadas, tiradas en el suelo. Dios mío, qué sed.

–¿Quiénes son estas mujeres? ¿Conocemos a alguna?

–No, pero parece que estamos todas en lo mismo.

–¿Has hablado con ellas?

–Un poco.

No me preocupa lo que haya podido contar. Ya no. Estamos perdidas. Lo saben todo. Ha caído la red entera. Todos. Desde Burdeos hasta nosotras. Barre, Sous, Magen, Trouve...

–¿Está Hélène aquí?

–No.

Un bulto se mueve hacia nosotras.

–Lleváis poco menos de veinticuatro horas aquí.

Es una mujer de mi edad, tal vez algo más joven. A ella también le han dado bien. Tiene el labio partido, parte de la cara amoratada, se mueve con dificultad.

–¿Cómo lo sabe?

–¿Escucháis eso?

Presto atención y a lo lejos oigo un ruido metálico.

–Sí, dice Marie Jeanne, algo oigo, ¿qué es?

–El carrito en el que traen la sopera y el pan. Viene una vez al día, a eso de las siete de la mañana.

–¿Agua?

–La de la sopa. Y si el gendarme que viene con el cubo de agua para el agujero ese se porta bien, nos deja otro cubo para el día.

Miro donde señala; una esquina de esta celda que tendrá cuatro metros cuadrados. Hay un agujero en el suelo, bordeado por lo que parecen ladrillos. Me doy cuenta del olor.

Hasta ahora no había sido consciente. A cerrado, a vómito, a mierda.

–¿Cuánto tiempo lleva usted aquí?, le pregunto.

–Este será mi quinto día. El gendarme de la sopa me dijo ayer que nos iban a llevar a Burdeos. Se ve que os estaban esperando a vosotras.

El ruido se acerca cada vez más. Para y se oyen voces. La celda con los hombres debe de estar al principio del pasillo.

–Ha parado donde los hombres. Dos celdas llenas.

–¿Sabe cuántos están aquí?

–Con vosotras entraron unos cuantos. Se notaba el revuelo.

Igual trajeron a Barre y a Sous, los demás quién sabe dónde...

–Me llamo Jesusa.

–Yo Maddi y esta es Marie Jeanne.

–Os han puesto buenas.

–A usted también.

–No me trates de usted, que soy más joven que tú.

Intento sonreír, pero me duele demasiado la boca. Por el gesto que hace Jesusa, a ella también. Marie Jeanne no reacciona, sigue acurrucada contra mí. Qué le habrán hecho. Pobre chiquilla. Me la han destrozado. Jesusa se incorpora con dificultad y se acerca a la puerta. El gendarme ya está esperando con el carrito. Empieza a llenar los cuencos de madera y a dárselos a Jesusa. Los distribuye entre las mujeres. ¿Será la única que puede andar? Alguna ni siquiera hace el gesto de coger el cuenco. Jesusa lo deja a su lado. Otra, una chica en la que no había reparado y que no debe tener ni dieciocho años, se levanta y sorbe la sopa con avidez. Jesusa nos trae el cuenco a Marie Jeanne y a mí. Cojo el mío con la mano derecha, a pesar del dolor, pero con la izquierda no puedo. El dedo meñique me duele tanto que solo rozarlo se me nubla la vista.

–Marie Jeanne, toma.

Se incorpora, pero acto seguido se dobla sobre su vientre. Pasa unos segundos así. Jesusa espera. Por fin coge el cuenco de manos de Jesusa, que ahora se pone a repartir los mendrugos de pan. El gendarme no habla, la deja hacer paciente. Le miro y me veo reflejada en su mirada: pena, tal vez algo de asco. Acerco la nariz a la sopa. Huele igual que el ambiente. Tengo náuseas, pero es tan grande la sed que engullo el cuenco casi de un trago. Es insípido y al mismo tiempo repugnante. El pan lo guardo. ¡Tengo tan seca la boca!

Marie Jeanne sorbe poco a poco y mordisquea el pan.

–Esta chiquilla sabe cómo dosificar. Así aguantarás bien, Marie Jeanne.

Jesusa se sienta a nuestro lado y come a poquitos como Marie Jeanne.

–¿Y hasta mañana no nos dan nada más?

Jesusa me mira y niega con la cabeza.

–Igual con un poco de suerte nos trasladan hoy. Pero eso no significa que nos lleven a un sitio mejor. Lo único bueno es que, una vez allí, la Gestapo nos dejará en paz.

–Dios te oiga, Jesusa.

–Creo que Dios anda un poco sordo estos días. Mejor ceñirse a los hechos. Os han puesto juntas en la misma celda. Eso es buena señal. Significa que posiblemente hayan terminado con vosotras.

Marie Jeanne está como ida. Sigue mordisqueando el pan, con la mirada perdida. Maldita sea. En qué momento, Dios, en qué momento se me ocurrió meterla en esto.

Pasamos todo el día inquietas. Hay mucho trajín en la comisaría, no hacen más que meter gente en las celdas. El desembarco les ha puesto histéricos. A la nuestra han traído a tres muchachas más, jovencísimas. De momento parece que no las han tocado. No habrán tenido tiempo. Para hacerles hueco nos apretamos contra la pared. No son tan jóvenes como Lucien, pero casi. Su nombre no ha salido en ningún momento durante los interrogatorios. Está a salvo. Marie Jeanne sigue hecha un ovillo pegada contra mí. De vez en cuando gime. Mi dolor no mitiga, pero me voy acostumbrando a él. El jodido meñique este. Está roto, claro. Me lo han desencajado. Me lo toco y un relámpago me sube hasta la coronilla. Podría hacer lo que hizo Sous con aquel aviador de la muñeca dislocada. Venía con la mano totalmente revirada, en una posición imposible. Iba a ser difícil que llegara a Oiartzun con la mano así y con ese dolor. Tenía que venir Sous. Pobre doctor Sous, a saber qué le estarán haciendo. Puede decir que él solo cumplía con su obligación de médico, que no sabía quiénes eran esos hombres. Claro que lo sabía. Y Hélène también. Hélène no ha caído. O por lo menos su nombre no ha salido en ningún momento, mientras que Sous sí, sabían con todo detalle que prestaba ayuda a los evadidos si llegaban enfermos y que era yo quien requería sus servicios. ¿Y ni siquiera la van a interrogar, a su asistenta? Yo no he dado su nombre, Sous seguro que tampoco, pero si sabían tanto ¿cómo no van a detenerla a ella? No quiero darle demasiadas vueltas, no soluciona nada, no. Cumplía a rajatabla con los códigos y nunca vi en ella una actitud sospechosa. Nos veíamos en la capilla de san Ignacio. Yo le decía si esperábamos gente, si había aviso de algún herido y así ponía en guardia al doctor Sous, que se mantenía alerta para cualquier emergencia, pero el día del aviador tuve que ir a buscarla al caserío, no les había dado tiempo a avisarme de que traían un herido. Estaban todos en la cocina, con la puerta a la calle abierta. Hacía una tarde agradable. Ella me miró espantada. Antes de que dijera nada le dije que necesitaba al doctor Sous, que era una emergencia. El padre se puso como un loco, que una emergencia para quién. Cuando le dije que para mí, le prohibió a la hija que fuera. Pero Hélène le recordó que era su obligación y salió corriendo a avisar a Sous. Tenía que venir pronto porque no podían pasar la noche en la borda, necesitaban salir en un par de horas como muy tarde. Sous apareció enseguida con Hélène, observó la mano del joven, dio un par de indicaciones a Hélène de cómo ayudarle a recolocar la mano y ¡zas!, se la pusieron en su sitio. Menos mal que habían amordazado al joven para que no gritara. Después Sous se la vendó con mucha presión y le hizo un cabestrillo con unos trapos. Un buen lingotazo de coñac y para el monte.

En el bolsillo de la falda tengo un pañuelo. Acabemos con esto.

–Jesusa, ¿me echas una mano?

–Dime.

–Me quiero recolocar este dedo. No me deja parar.

–Qué salvajes. Te lo han roto. Parece una morcilla.

–Cuando me lo recoloque, ¿me pones el pañuelo muy prieto? Que quede el dedo recto y pegadito a los otros.

–Venga.

Es solo un momento, nada comparado con lo que me han hecho ellos. Intento no gritar, pero me sale un aullido que despierta a Marie Jeanne. Le mira hacer a Jesusa y se vuelve a tumbar.

–¿Así? ¿Te aprieta mucho?

–No, así está perfecto. Igual incluso se cura.

–Seguro que sí. Pareces una mujer fuerte, Maddi.

–Tú también, Jesusa.

Tiene una complexión parecida a la mía, grandota, de manos fuertes, de haber trabajado mucho. En qué andaría ella.

Posiblemente en algo parecido a lo mío. ¿Qué nos pasará ahora? Tengo hambre, pero lo peor es la sed. Daría lo que fuera por un poquito de agua.

–Jesusa, ¿cuándo viene el del cubo?

–Tendría que haber venido ya, pero andan que no dan abasto. ¿No oyes el movimiento que hay? Al final vamos a tener que quedarnos de pie para caber en la celda. No me imagino cómo estarán los hombres.

–Tengo la espalda destrozada, Jesusa. ¿Cómo es que no nos echan ni un jergón de paja?

–El día que llegué yo sacaron las camas para que cupiéramos todas. Se supone que estamos aquí retenidas hasta que nos lleven a otro sitio, a una prisión de verdad.

Pasan las horas. O tal vez no. Tal vez solo han pasado unos minutos desde la última vez que hablé con Jesusa. Marie Jeanne no dice palabra. Se deja acariciar cuando gime o solloza y se incorpora espantada si oye ruidos cerca de la puerta. La intento tranquilizar. Cada vez tengo menos miedo de que nos vuelvan a llevar a la tortura. No tienen tiempo. No sé cómo ponerme. Me duele todo. No tengo sitio para tumbarme y no quiero que Marie Jeanne cambie de postura. Así está bien. En cuanto se incorpora o se mueve gime de dolor. Puñetazos en la espalda, en la cara, en los pechos, varazos en el culo y en la planta de los pies. Desnuda. Todo el tiempo desnuda. La vara en mi vagina, simulando que me iban a violar con ella. Señor, qué humillación, qué terror. A ratos riéndose. A ratos parecían aburridos. Soltando nombres, sin ton ni son y yo sin hablar. Nunca el de Lucien. Las mismas preguntas. Algunas absurdas. Ni llorar. Ni implorar. A ratos inconsciente. Eso ha sido lo mejor. Dejarse caer en esa oscuridad en la que no se piensa ni se siente. Lo peor, despertar con un golpe o con un cubo de agua fría, sentirme de nuevo desnuda ante ellos. El dolor. El miedo al dolor. Escuchar, antes de traerme aquí, la descripción exacta de lo que ellos creen que son mis funciones en la red. Darme cuenta de que me han torturado por placer, por venganza. Y a pesar de todo el dolor que me causan, sonreír para mis adentros porque cuando ellos, triunfantes, se pavonean de que saben todo, en realidad solo saben que he dado refugio a evadidos. Nada más. Ni se imaginan todo lo que he llegado a hacer ni para cuántas redes. Mis ojos se han acostumbrado a la penumbra. Miro a mi alrededor y somos un cuadro de suciedad, rostros amoratados, cuerpos machacados. La chica joven que antes ha comido la sopa con tanta codicia canturrea constantemente, habla consigo misma.

–¿Quién es esa niña, Jesusa, qué hace aquí?

–No lo sé. Es un poco retrasadita, ¿verdad?

–Eso parece. Pobre criatura.

–He intentado hablar con ella varias veces, pero no hay manera. Nadie en la celda la conoce.

–¿Conoces al resto?

–A alguna.

–¿Te detuvieron con alguien más?

–No.

Me doy cuenta de que Jesusa es de las mías: quien mucho quiere saber, poco y al revés. Si nos trasladan juntas a Burdeos, ya habrá tiempo de ganar confianza. La mía la tiene ganada.

–¿Sois familia?

–Sí, es mi prima.

Acaricio el pelo de Marie Jeanne, le desenredo con cuidado un nudo. Se incorpora lo suficiente para apoyar su cabeza sobre mi regazo. Me duele, pesa, pero no la retiro. Ahora mismo daría lo que fuera por hacerla sentir mejor, por mitigar su dolor. Si no fuera por mí, esta chiquilla no estaría aquí. Quisiera sentir su dolor, vaciarla de él, que todo lo que le han hecho a ella, todo, me lo hubieran hecho a mí. Lo he intentado. He insistido. Mi prima no sabía nada, le encargaba comprar alpargatas para los evadidos, nada más.

–Solo has dicho lo de las alpargatas, ¿verdad?

–Sí.

Ojalá esto haya sido todo. No me arrepiento de nada, solo de haber arrastrado a Marie Jeanne. Tiene veintiún años, por Dios, no debería estar viviendo esta pesadilla. No me lo perdonaré jamás. Menos mal que Lucien no. ¿Se enterará de nuestra detención? Que no se entere, Dios mío, que es capaz de volver a las andadas. Estoy llorando. No recuerdo la última vez que lloré. No sé si estoy llorando. Noto las lágrimas, pero no sollozo ni gimo. Son solo lágrimas. Saco la lengua y toco una, dos. Me gustaría llorar ríos y bebérmelos.

Se abre la puerta y aparece el gendarme con una lista. Lee nuestros nombres, el de Jesusa y cuatro más. Nos levantamos trabajosamente. Marie Jeanne me mira aterrorizada. El gendarme nos hace salir. Esperamos en fila en el pasillo. Jesusa se pone al frente, nosotras detrás. Salimos a la calle y la luz de la mañana nos ciega. Miro a Marie Jeanne y está casi irreconocible: la cara amoratada, hinchada, el ojo sigue completamente cerrado, negro, camina con dificultad. Debo tener un aspecto similar, pero no consigo interpretar el gesto de Marie Jeanne cuando me mira. Su cara está demasiado deformada como para transmitir nada. Jesusa tiene todavía la marca del labio roto y parte de la cara amoratada. Cojea bastante. Las otras cuatro mujeres muestran también señales de maltrato. La niña se ha quedado en la celda. Qué será de ella, por qué estará ahí. Nos hacen marchar hacia un furgón. Nos acomodan en la parte trasera. Jesusa susurra:

–Nos llevan a Fort du Hâ.

–Qué horror, dice una de las mujeres, una chica muy joven, con el pelo corto y pantalones.

Un gendarme se asoma y grita silencio. Esperamos a que el camión se ponga en marcha para poder hablar. Empieza Jesusa.

–A mí ya me conocéis todas. Parece que vamos a pasar un tiempo juntas, ¿por qué no os presentáis?

Empiezo yo, digo mi nombre y el de Marie Jeanne. Nos sigue la chica de pelo corto y pantalones, se llama Matilde. Ana, otra joven, pelirroja, con una melena preciosa. Carmen, la única de ellas que es de mi edad y que, por el acento, creo que es española, y Felice, que no tendrá ni dieciocho años y que parece la más frágil de todas nosotras. Nos mira con ojos asustados, unos ojos negros, grandes, de ternera. Me da la sensación de que Matilde y Ana se conocen de antes, hay una familiaridad entre ellas, una proximidad. Estoy sentada entre Matilde y Marie Jeanne. Aprovecho el ruido del camión para preguntarle.

–Oye, Matilde, ¿por qué has dicho antes qué horror a que nos lleven a Fort du Hâ?

–Es un sitio pavoroso, siento decirlo. Hay informes de condiciones terribles, por lo menos para los hombres. Y ya sabéis que estos hijos de puta no hacen distinción con las mujeres. Solo hace falta ver cómo nos han puesto a todas.

–¿Qué clase de condiciones?

–Comida inmunda, falta de higiene, hacinamiento, malos tratos...

–O sea, igual que como hemos estado estos días.

–Pues más o menos. Con un poco de suerte igual conseguimos un jergón de paja para dormir.

–Me dan ganas de tirarme del camión, dice Marie Jeanne.

No me había dado cuenta de que nos estaba escuchando. Y me da la sensación de que lo dice en serio. La cojo de una mano y, Jesusa, que está enfrente de ella, se inclina para hablarle en voz baja.

–No les des esa satisfacción. Hay que resistir hasta el final, hasta que no quede ni uno de ellos en esta tierra. Y ya queda poco, compañera.

Hay un murmullo de aprobación. Se abre la lona que nos separa de la cabina y un gendarme pasa a nuestro lado, le da un golpe suave a Ana con la culata indicando que le deje sitio para sentarse. Lo hace, apoya el fusil entre las piernas y, sonriente, nos da los buenos días. Ninguna contestamos.

***

–Carmen, ¿qué día es?

–22 de julio.

–Qué bien llevas la cuenta.

No sé si quiero que los días pasen más lento o más rápido. Tampoco sé si creerme los rumores, ni los buenos ni los malos. Los buenos dicen que los nuestros cada día están más cerca, que en nada de tiempo entrarán en Burdeos y nos liberarán. Si eso fuera verdad, me gustaría que el tiempo pasara rápido. Pero luego están los otros rumores, como el posible traslado a un campo de concentración en Alemania. Es difícil que lo hagan: el sabotaje de las vías para interrumpir el tráfico entre Francia y Alemania lleva meses parando las comunicaciones, hay muchos puentes volados, la aviación bombardea los trenes. ¿Por dónde nos llevarían? También hay rumores de un fusilamiento masivo en el campo de Souges, hasta ahora han fusilado de a pocos, en pequeños grupos. La cárcel está abarrotada, necesitarían muchas balas y las balas las quieren para defenderse. No las van a desperdiciar en nosotras. Nos pueden dejar morir de hambre o de tifus o de tuberculosis. Es lo más barato. Esto me recuerda: toca despiojarse.

–Mujeres, es hora de cazar.

Nadie se queja ni protesta. Nos levantamos todas a la vez, recogemos los jergones en los que dormimos las últimas detenidas y los ponemos contra la pared para hacer sitio. Me siento yo primera en posición, con las piernas algo abiertas. Marie Jeanne ocupa el hueco, dándome la espalda, Matilde hace lo mismo, después Ana, Carmen, Jesusa, se van sumando mujeres, cada una despiojando la cabeza de la que tiene delante. Los veo correr por el cuero cabelludo y el pelo de Marie Jeanne. Hacemos el círculo completo. A mí me despioja Ruth. Parece que estemos jugando a ir en un pequeño tren por esta celda ruinosa en la que deberíamos estar doce y estamos veinte. Buscamos piojos y según los estrujamos entre los dedos los contamos. Yo grito ¡uno! Y a mi grito se suman otros ¡llevo tres de un tirón! ¡Dos! ¿¡Cuatro liendres cuentan como un piojo!? A ver quién gana hoy. ¿Qué gana? Nada. No hay nada que ganar, pero es una forma de pasar el tiempo y de momento nadie ha caído enferma de tifus. La epidemia en la sección de hombres es tremenda. Y si está ahí, acabará pasando aquí. Hemos escuchado gritos desde su sección anunciando los nombres de los muertos. También oímos noticias sobre el avance de los aliados y por las noches, sobre todo por las noches, los cánticos. A esos nos sumamos nosotras. Antes nos mandaban callar. Ya ni se molestan. También han dejado de hacer recuentos, algunos días ni nos sacan al patio. Nos bajan al taller a zurcir calcetines, eso sí, porque el trabajo no se para, tampoco se para la cocina para preparar su sopa infecta. Sopa y mendrugo de pan. Amortizan cada calcetín. Al movernos todas se intensifica el olor en la celda. No recuerdo cuándo nos permitieron la última ducha. En seis semanas nos hemos duchado cuatro veces. A mí se me cortó la menstruación después de la primera detención. A Marie Jeanne se le cortó después de la tortura, menos mal, porque las que siguen sangrando lo pasan fatal, se arreglan con paños como pueden. Pero contra el olor no se puede hacer nada. Miro los hombros de Marie Jeanne. Se le notan todos los huesos. La blusa se le resbala. Pero por lo menos ha recuperado algo de vida y, a pesar de la porquería de alimentación que tenemos, ha recobrado parte de su fortaleza. Habla, se relaciona bien con las compañeras, cuenta historias de estos últimos años. Nos hemos sincerado todas. Ya no tenemos nada que perder y confiamos en que cualquier día se abrirán estas puertas y en vez de nazis estarán nuestros soldados.

No sé qué me cuesta más soportar, si el hambre o la sed, si el calor del día o el frío de la noche. No imagino cómo será el invierno en este castillo de piedra desnuda, si ahora la humedad del suelo ya cala el jergón. Y los huesos. Menos mal que lo comparto con Marie Jeanne y, cuando me entra la tiritona, se me pega para darme calor. A la suciedad me voy acostumbrando, aunque a veces me den ataques de asco y quisiera arrancarme la piel a tiras para que me dejara de escocer, cortarme la nariz para no seguir oliendo. El hambre y la sed son lo peor. Sí. Es una angustia constante, obsesiva. Nunca había pasado tanta hambre. ¿Pasará hambre Lucien? Espero que ahora no. En el monte seguro que pasó. ¿Sabrá que nos han detenido? Dicen que antes dejaban enviar algo de correspondencia a la familia, que daban unas tarjetas con un espacio pequeño, para unas cuantas palabras. Pero ahora no permiten nada. Tampoco eso. No importa. Pronto podré abrazarle, llevarle de nuevo a casa y reiniciar la vida. Cumplió catorce años en mayo, ahora sí que estará hecho un hombre. ¿Volveré a verte, pulguita?

–Marie Jeanne.

–Dime.

–Si no salgo de esta, ¿cuidarás de Lucien?

–No digas tonterías. Vamos a salir y pronto además.

A veces lo creo. A veces no. Ahora tengo la certeza de que no.

–¿Lo harás?

–No tendré que hacerlo, pero sí, quédate tranquila.

–¿Y recordaréis juntos todas las cosas buenas que hemos hecho?

–No seas pesada, Maddi, estarás ahí para recordarlas con él.

No insisto. Le molesta mi pesimismo, como a todas. Nadie quiere ponerse en lo peor. Son mujeres acostumbradas a hacer, no a pensar. Jesusa sí entiende mi malestar. Se acerca, me acaricia el brazo. Estamos aquí apiñadas pero a veces siento una enorme soledad. Este gesto de Jesusa me conmueve, me da calor. No intenta consolarme con palabras que sabe no voy a creer.

11

Nos llaman a un reconocimiento médico. Esto significa que nos trasladan. ¿A dónde? Los nuestros desembarcaron hace dos meses. Están a kilómetros de aquí. Los rumores en la sección de hombres es que los alemanes están a punto de retirarse, que los nuestros van a entrar pronto en la ciudad. Nos hacen formar en un pasillo de la planta baja. Aparece un médico alemán al que nunca hemos visto. Se pasea por delante de nosotras y, con la misma, se va. ¿Qué es este paripé? Algunas compañeras se ríen. Yo siento terror. Esto significa que el traslado es a la muerte. Nos van a fusilar. No me doy cuenta de que lo he dicho en voz alta. Marie Jeanne me mira asustada. Matilde murmulla asesinos, asesinos. Ella piensa lo mismo que yo. Pero otras mujeres se siguen riendo. Nos ordenan que recojamos nuestras cosas. ¿Qué cosas? Nosotras no tenemos nada, pero otras, las que más tiempo llevan, recibieron ropa en su momento, incluso llegaron con maleta. Nosotras nada. Volvemos a la celda. Hay mucho movimiento, algarabía. Alguna dice que nos llevarán a una prisión menos saturada, que con un poco de suerte la Resistencia interceptará el convoy: todas las que hemos ido al reconocimiento somos presas políticas.

Nos bajan al patio. Los hombres nos están gritando mensajes desde sus ventanas enrejadas. No se entiende nada. Los soldados nos pegan con las culatas para que nos pongamos en orden en el patio, contra el muro. Cojo a Marie Jeanne de la mano, intento tranquilizarla, pero yo también siento terror. Nos dejan a todas contra la pared. Todavía se oye revuelo en la sección masculina. Nos cuentan. Somos cuarenta y cuatro. Nos vuelven a contar. Giro un poco la cabeza y veo que se han quedado vigilándonos unos pocos soldados. Empiezan a salir al patio los hombres, algunos en harapos, los ponen también mirando a los muros, en la otra parte del patio. Alguna mujer tiene a su marido entre ellos. Se gritan los nombres. Se dicen que se aman. Somos muchos aquí abajo. No nos pueden matar a todos a la vez. Esto significan que nos trasladan. Nos mueven a las mujeres primero. Salimos de la prisión. Hay un camión esperando. Marie Jeanne sigue de mi mano. Jesusa nos pide que no nos separemos. Nos hacen subir al camión y nos amontonamos en la parte trasera. Tiene la lona abierta. Podemos ver a dónde nos llevan. Nos siguen varios vehículos llenos de soldados y de policía militar alemanes. Ningún gendarme. ¿Se vienen con nosotras? ¿Huyen? ¿Han abandonado su parte de la prisión? Reconozco de inmediato el camino. Vamos a la estación. Si me llegan a decir en uno de esos viajes que acabaría volviendo en estas condiciones, ¿hubiera aceptado el encargo del padre Bordes? Quiero creer que sí. ¿Qué habrá sido de él? De Barre. Mi querido Barre. Y de tantos otros que han caído antes que yo, que nosotras. Qué mala suerte hemos tenido, qué mala suerte estamos teniendo. Llegamos a la estación y nos descargan en la sección de mercancías. Jesusa, Marie Jeanne, seguimos tan unidas que parecemos un solo cuerpo. Hay un tren muy largo, con vagones de pasajeros y de ganado. Nos dirigen a los de ganado. Algunos están sellados y tienen unos ventanucos semicerrados con tablones de madera cubiertos con alambre de espino. Intuyo ojos detrás de esos alambres, dedos que se clavan en el espino.

Hay otra serie de vagones iguales, abiertos, con paja dentro. Al lado de la puerta hay grandes números escritos con tiza, pasamos de largo y nos colocan enfrente de dos vagones. Sigo pegada a Jesusa y Marie Jeanne. Que no nos separen ahora. Que no nos separen. Los policías que nos custodian ladran la orden de subir. A la mayoría nos meten en un solo vagón. Seguimos juntas. Faltan algunas compañeras de celda, pero se suman otras que conozco de la sala de trabajo. Seremos unas treinta y cinco mujeres. Nos ha tocado el vagón más lleno, pero aun así tenemos mucho espacio. Me siento en el suelo lejos de un cubo que ya intuyo para qué lo vamos a usar. Me flanquean Marie Jeanne y Jesusa. Apoyo la espalda contra la pared de madera. Está muy caliente. Cierran. Apenas entra luz por el ventanuco cubierto con maderas y alambre de espino. Qué angustia. Aquí no se puede respirar. Escucho la respiración fuerte de mis compañeras. ¿Estaremos todas sintiendo lo mismo? El calor se hace pronto insoportable. El olor también. Traemos la porquería de la celda a esta otra celda todavía peor. De repente escucho un mugido. Otro. Otro. Son mis compañeras. Una hace que bala. Otra gruñe como un cerdo. Acabamos riéndonos. Nos reímos. Nos reímos de espanto.

Llevamos aquí dos o tres horas, ha dicho Carmen, nuestra relojera sin reloj. Está cayendo la tarde. Escuchamos por un rato jaleo fuera. Parece que están embarcando a los hombres. ¿Cuántos vagones habrá? ¿De dónde viene este tren?

–He visto más mujeres en el otro vagón, me dice Marie Jeanne.

–Estaba justo pensando en ello. A mí me ha parecido ver que los vagones cerrados van llenos.

–Sí, pero en el siguiente vagón, al que han subido las compañeras, he visto mujeres.

–Claro, por eso nos han metido a la mayoría aquí, porque el otro iba ya con carga.

–¿De dónde vendrán?

–Ya nos enteraremos.

Parece que estamos moviéndonos. Nos agitamos en nuestros sitios, inquietas. Son maniobras. Volvemos a parar. Algunas mujeres nombran posibles destinos. Intento no escuchar. Le hablo a Marie Jeanne, que lleva tiempo en silencio.

–En qué piensas, dime.

–En el trenecito de San Ignacio. La primera vez que me llevaste.

–¿Lo recuerdas? ¿Qué tenías, diez años?

–Algo así. Recuerdo que llevaba un vestido blanco y alpargatas de lazo. Fueron las primeras que tuve.

–Y también llevabas un lazo blanco sujetándote la coleta. Parecías un angelito, toda de blanco y tan rubita.

–Y que era la romería de Pentecostés y había muchísima gente. Y recuerdo los chistus y el baile y que todo el mundo iba muy elegante con sus vestidos tradicionales.

–Es mi romería favorita.

–Pero tú nunca la disfrutabas porque estabas trabajando.

–Algún año sí me escapé a echar unos bailes, no te creas.

–También recuerdo que cuando subíamos en el tren me dio un poco de miedo porque íbamos en el último vagón, estaba hasta arriba de gente y parecía que no podía con la cuesta y yo miraba hacia atrás y veía toda esa pendiente tremenda. Y como estaba todo abierto pensaba que en cualquier momento me iba a caer. Y recuerdo que mi padre me tenía bien cogida, seguro que él también tenía miedo. Ay, padre. ¿Sabrán dónde estamos?

–No pienses en eso ahora. Les haremos llegar un mensaje en cuanto podamos. A José Ramón no lo han cogido. Nos habríamos enterado. Él sabrá buscarnos. O Pierre. O cualquiera de tus hermanos. Están todos bien, piensa en eso, y que saben cómo informarse. Sigue contándome, ¿qué más recuerdas de ese día?

–Fue el día que conocí a Lucien. ¡Era tan chiquitito! Todavía no andaba. Le tenías en una canastilla detrás del bar y cuando me lo enseñaste me cogió un dedo con su manita y se echó a reír.

–Y no querías separarte de él.

–Ay, no puedo, Maddi, no puedo, cada cosa que recuerdo me duele. ¿Qué será de Lucien? ¿Le dejarán en paz?

–Está a salvo donde está. Igual incluso los nuestros ya han liberado la zona y lo están celebrando juntos.

Marie Jeanne no puede seguir hablando. Solloza, hipa. Paso mi brazo por su hombro y la atraigo a mi regazo. El resto del vagón está ahora en silencio. Nos ponemos en marcha, muy lentamente. Salimos de la estación a poca velocidad. Avanzamos así un rato. Una mujer consigue asomarse al ventanuco. Dice que vamos en dirección Toulouse. Cogemos velocidad. Cierro los ojos. Marie Jeanne se ha calmado un poco. Ojalá se haya quedado dormida y sueñe sin recordar, o recuerde sin dolor. Vuelve a disminuir la velocidad. Paramos. La misma mujer informa de que volvemos hacia la estación. Un estruendo a lo lejos. Alguien dice que son bombas. Nos alborotamos. ¡Son los nuestros! ¡Están bombardeando la ciudad! Los gritos no sé si son de alegría o de terror. Las bombas suenan lejanas, a saber. Fuera se escucha un caos de carreras y gritos en alemán. Imagínate que salgan huyendo y nos dejen aquí. Solo tendrían que desconectar los vagones de mercancía y marcharse ellos a toda máquina. Pero no. Arrancamos de nuevo. Y esta vez más deprisa. El traqueteo no es suave. Golpea. Salimos de la ciudad.

Una de las mujeres sugiere que digamos nuestros nombres y de dónde venimos. Llevo un rato aturdida, como si estuviera entrando y saliendo de un sueño. De una pesadilla. Me cuesta centrarme, pero oigo los nombres de mis compañeras y otros, Ginette, Marie, Francine, Nicole, y lugares, Arcachon, Dijon, Cazalès... oigo a Marie Jeanne, me oigo a mí misma decir mi nombre y Oiartzun. He dicho Oiartzun. Cierro los ojos.

¿Paramos? No sé cuánto tiempo hace que no hemos parado ni que nos han abierto las puertas para vaciar los excrementos o darnos de comer y beber. Algo debió de pasar en la estación de Toulouse. Estuvimos mucho tiempo parados y se oían gritos, carreras, disparos. En una esquina del vagón queda mermelada y pan. El pan tiene moho. La mermelada ha fermentado. Algunas siguen comiendo. Yo no puedo. La sed me lo impide. Sí. Paramos. Abren las puertas. Aire cálido, pero aire. Por fin. Nos mandan bajar. El cartel de la estación nos dice que estamos en Remoulins. Las piernas no me responden. Marie Jeanne me ayuda. Salta ella primero, me coge de la mano y salto yo. Somos multitud en el andén. Cientos. Sacan cuerpos de los vagones de los hombres. Muertos. Moribundos. Nos vigilan los policías militares que salieron con nosotras de Fort du Hâ. Marie Jeanne, Jesusa y yo intentamos acercarnos a una sombra, pero el policía nos ladra para que no nos movamos. Odio su idioma. Lo odiaré toda la vida. Si vivo. Estamos tiradas, al sol, apenas puedo abrir los ojos. Se arma revuelo. Aparecen enfermeras de la Cruz Roja. Atienden a algunos hombres, están peor que nosotras, que ya es decir. Por lo que veo sus vagones van el doble de llenos que los nuestros.

Avanza el día. Bajo este sol abrasador. Mejor aquí tiradas que dentro.

Se acercan varias mujeres con distintivos de la Cruz Roja, traen agua y cestos de frutas. La policía militar las echa. Ellas gritan en francés. Ellos responden en alemán. Aparece un teniente con una pistola en la mano. Miramos como si estuviéramos asistiendo a una obra de teatro. Llega otra mujer, sin uniforme, blandiendo un papel en la mano, casi le pega con él al teniente. Lo mira. Guarda la pistola y permite que las enfermeras o voluntarias, no sé qué son, nos ayuden a desplazarnos a las sombras de unos árboles escuálidos y nos den los víveres. Los empleados de la estación ayudan a repartir. Cojo un melocotón de la cesta y un racimo de uvas.

–Tened fe, nos dice la joven de la cesta. Os rescatarán antes de que lleguéis a la frontera.

Fe. No sé dónde se ha quedado la mía. Mi única fe ahora mismo es este melocotón que muerdo y succiono para que no se escurra ni una sola gota. Y entre mordisco y mordisco, una uva, dos, que explotan en mi boca y que me dan una alegría casi olvidada. El calor de este verano está siendo horrible, pero nos da uvas tempranas. Mi fe son estas mujeres repartiendo frutas y cuencos con agua. Esa mujer aguerrida que ha conseguido este milagro. Marie Jeanne a mi lado relame una ciruela y sonríe. Parece mentira que un poco de fruta nos alivie tanto. Nos dan también terrones de azúcar que escondemos en los bolsillos. Miro a mi alrededor. Somos cientos de seres en harapos, sucios, escuálidos. Corre la comunicación entre un grupo y otro, a pesar del control de la policía militar, los felds, como los llaman mis compañeras. Nos enteramos de que los vagones de hombres van a reventar, que el convoy salió de Toulouse a principios de julio, que estuvieron dos veces en Burdeos, la última casi un mes, y que encerraron a todos en la sinagoga, que las mujeres del otro vagón vienen desde allí, que algunos consiguen escapar, que muchos son prisioneros de otro campo de concentración, de uno nuestro, francés, y que la mayoría de los de ese campo son españoles, los que están en peor condición. Algunos consiguen escapar. Sí.

Anochece. Nos hacen subir de nuevo al vagón. Cierran la puerta. El ahogo. El olor. Esta vez no hemos conseguido sitio cerca del ventanuco. No es que entre mucho aire, pero algo alivia. Ni siquiera nos han cambiado la paja. No imagino cómo estarán los vagones de los hombres. Nadie habla. Solo se escuchan quejidos. Algún sollozo. Una canturrea. Entre tanto dolor y angustia siempre hay alguna que en ese momento tiene esperanza. Nunca soy yo, pero me alegra que haya alguien aquí, ahora mismo, que tiene la suficiente vida como para canturrear. O igual es que se ha vuelto completamente loca.

Si seguimos parados aquí es porque hay problemas en las líneas. Estamos animadas. Es el tercer día bajo este sol de espanto, pero cuanto menos avancemos más posibilidades tenemos de no llegar a la frontera. Pasan unas mujeres muy bien vestidas y se suben al vagón de pasajeros.

–Jesusa, ¿esas tipas quiénes son?

–Alemanas, no sé si mujeres de algún pez gordo o funcionarias o putas nazis.

–Putas nazis seguro, dice Marie Jeanne, nos miran como si fuéramos animales. ¿Cómo pueden ir tan tranquilas ahí viendo este mar de miseria?

–¿Llevan todo el viaje aquí?

–Claro. ¿No las habías visto? Andas un poco ida, Maddi.

Jesusa me mira sonriendo, aunque su tono es de preocupación.

–Pues sí, intento estarlo, mejor ida que aquí.

–Siempre ha estado en su mundo, Jesusa. Tengo una prima mística. ¿No te habías dado cuenta?

–Sí, es un poco pa' dentro esta Maddi.

Nos reímos las tres con pocas ganas. Es el final de otro día agotador. Los felds empiezan a gritar, a colocarnos y empujarnos para volver a subir al vagón. ¿Otra noche más aquí parados o retomaremos el viaje? Subimos. Veo que Marie Jeanne forcejea para sentarse cerca del ventanuco. No lo consigue, pero por lo menos no nos toca al lado de los cubos de mierda. Cierran la puerta. Ese golpe. Ese odioso golpe seguido del cerrojo. Sentimos el traqueteo. Arrancamos.

Algunas compañeras duermen o por lo menos eso parece. Marie Jeanne está acurrucada, se pega contra mí y su joven tocaya ¿qué tendrá, dieciséis años?, se hace un ovillo a su lado. Las que duermen se pegan unas a otras para que el movimiento no las haga chocar. Son como una pequeña masa meciéndose al ritmo del tren. La velocidad lenta es desesperante, pero ahora la agradezco viendo cómo estas chiquillas no sufren por un rato. Es verdad que me pierdo en mis adentros y que muchas veces pensarán que estoy dormida, pero desde que me detuvieron no he dormido. Será por este calor que no cesa ni de noche, por la sed que quema en la garganta, la lengua pegajosa, las llagas en la boca. Tienes que comer, me dice Marie Jeanne masticando como una hormiguita su pan. Pero yo no puedo. Solo pienso en beber, en el agua del Iturbil, que incluso cuando hacía más calor fluía helada. Un agua que sin saber a nada sabía a todo lo bueno: a monte, a roca limpia, a musgo, a helecho recién pisado, a aire libre, libre, a brisa fresca en la cara sudada después de caminar sin descanso durante horas, libre, libre.

Está amaneciendo, entra un poco de luz a través de las tablas del ventanuco. ¿Por qué no dejar esa pequeña ventana abierta? ¿Por qué cubrirla de espino? ¿De verdad se piensan que vamos a escapar por ahí o es simplemente otro acto de crueldad? Visto cómo nos tratan, sería eso: sadismo, maldad. Señor, me cuesta mucho rezarte estos días, ya te habrás dado cuenta. Es que no entiendo cómo nos puede estar pasando esto, qué clase de castigo, a qué plan obedece esta situación. ¿Sabes que hay un cura en el convoy? Lo vimos el otro día, asistiendo a los moribundos que sacaron del tren. Por un momento pensé que, estando él, igual te daba por intervenir. Pero luego me acordé de los mártires y sus sacrificios y se me fue la esperanza. No, la verdad es que no tengo nada que decirte.

Se para el tren. Otra vez los gritos, las botas. Hay conmoción afuera, se siente mucho trasiego. El cerrojo. Abren la puerta y nos ordenan bajar y que cojamos nuestras pertenencias. Nosotras no tenemos nada. Nuestras compañeras, apenas un hatillo, alguna maleta pequeña. María, la madrileña, se me acerca con unos zapatos.

–Pruébatelos, rápido, son viejos pero muy cómodos. Con esas alpargatas no vas a llegar a ninguna parte.

Me las quito. Están completamente reventadas. Me los pruebo, son casi como zapatillas de bailarina, el cuero es suave, está cedido, apenas tienen tacón.

–Son maravillosos, María.

Me señala los que lleva puestos y me sonríe. Son iguales, un poco menos gastados. Bajamos del tren y a pesar de ser temprano ya hace calor. Estamos en la estación de Roquemaure. Nos ordenan en una columna de cuatro. Estoy torpe, débil, me cuesta mantenerme erguida, me salgo un poco de la formación. Se acerca un feld, me ladra muy cerca, me libro de un culatazo gracias a Marie Jeanne, que me atrae hacia ella. Nos tienen así paradas un buen rato. Están organizando a los hombres. Se oyen gritos, lamentos, el sol empieza a apretar. ¿Cuántos soldados y felds van en este convoy? ¿Cientos también? Son muchísimos. Nos ordenan caminar. ¿Hacia dónde? Cogemos por un camino rural, empezamos a atravesar los campos, viñedos, alguna se atreve a robar unas uvas, yo podría, podría alargar un brazo e intentarlo, pero llevo a un soldado pegado, Marie Jeanne me da un codazo, me señala los viñedos cargados, el soldado se adelanta unos pasos, me salgo de la columna, me acerco a la viña, zas, arranco un racimo enorme de uva blanca, gordas como ciruelas, el soldado sigue por delante, me meto un puñado en la boca y paso el racimo a Marie Jeanne, intento explotar una a una, que duren, que calmen algo esta sed terrible, aunque sea por unos segundos. Me doy cuenta de que el soldado que nos custodia lo hace a propósito, va cambiando de posición para permitir que nos acerquemos a los viñedos. Se le arrima un feld, le grita, le envía unos metros por delante de nosotras, al grueso de la cabecera, con el resto de los soldados. Entre ellos también hay categorías, diferencias. La vendimia se ha acabado. Saboreo las últimas gotas de la última uva.

Estamos llegando a un gran río. Me emociona ver esa masa de agua, sentir su frescor, a pesar del cansancio. Llevamos horas caminando campo a través bajo este sol que sigue subiendo y que nos devasta. Tenemos las caras quemadas, arrastramos los pies. Incluso el feld que nos custodia está empapado en sudor y ya ni siquiera nos grita. Los soldados que van delante, a pocos metros, marcan el ritmo y con sus botas levantan el polvo que nos tragamos. Miro hacia atrás y somos una oruga gigantesca compuesta de harapos. Aspiro todo lo fuerte que puedo la humedad del río. Llegamos a un puente de madera, amplio. Hay grandes agujeros de bombas en el suelo, custodiados por soldados, otros los han cubierto con tablones. Será para que no saltemos. Con qué gusto me dejaría caer por uno de ellos. La columna se deshace para evitar los agujeros. Se me acerca Renée y me susurra que las vías están cortadas a partir de Roquemaure y que nos llevan andando hasta quién sabe dónde para volver a montarnos de nuevo en un tren. No se cómo se ha enterado, pero la creo. Los hombres cargan con todo el equipaje de estos bestias, maletas, cajas, provisiones, todo lo cargan ellos.

Nos sobrevuelan nuestros aviones. Los soldados alemanes se tiran al suelo. No disparan. No tiran bombas. Me quedo en pie y estiro los brazos todo lo que puedo, a modo de saludo. Grito. Unos brazos me empujan hacia el suelo, es Marie Jeanne.

–¿Estás loca? Te van a matar a golpes.

Están todas en el suelo. Esperamos a que pasen los aviones. Nos dan la orden de levantarnos.

Entramos en un pequeño pueblo. Hay gente en las ventanas, en la calle. Una de mis compañeras comienza a cantar la Marsellesa, nos unimos, pronto los hombres también. Una fuente, me intento acercar, el feld me da una patada en el muslo, retomo el equilibrio, canto con mis compañeras, un hombre se acerca, me pone un cuenco de madera con agua en las manos, bebo y me cae el agua por el pecho, la columna se ha deshecho, nos abalanzamos como podemos sobre esas manos que ofrecen naranjas, uvas, agua, pan, los soldados y los felds arremeten contra ellos y contra nosotros y gritamos, grito, seguimos cantando. Nos ordenan en la columna a golpes, uno en la cadera que me dobla, una mano que me aúpa, seguimos cantando, los pies se me enredan, trastabillo

salimos del pueblo, ya no cantamos, escuchamos a lo lejos el rugir de los hombres, sus voces cada vez más apagadas, los gritos de la gente del pueblo

exhausta, el agua fresca, los golpes, los ojos de la gente del pueblo, espantados, su amor hacia nosotros, me rompo, un muchacho, ese muchacho era Lucien su mano vacía extendida

me rompo bajo este sol abrasador

Marie Jeanne, dónde está

si caigo no me voy a levantar. No puedo caer. O sí y que acabe todo. Ahí está Marie Jeanne, al frente. Me está buscando. Levanta un brazo para hacerme saber que está ahí. Se intenta rezagar pero tiene a un feld pegado. Las compañeras se dan cuenta. Me empujan. Me sostienen. Espabila, Maddi. Cuándo has sido tú una carga para nadie.

Me centro en la espalda de Janine camina recta a pesar de cargar la maleta se la cambia de mano cuento los pasos uno dos tres cuatro María gracias por los zapatos te tengo que dar las gracias otra vez luego y preguntarte cambia de mano Janine me he perdido contando uno dos tres sigo su ritmo estos zapatos igual has caminado por mis montes María diez once doce Dios veinte veintiuno veint me arde todo cara pelo brazos pies garganta labios Dios tú estabas en ese hombre y en ese agua fresca pero no en la mano vacía del muchacho qué me has querido decir nada te callas no tienes nada que

El día avanza y seguimos, seguimos. Ya no tengo a Janine delante. El día más largo. Este sol maldito y estos campos abiertos. Ahora puedo pensar. Hace un rato no podía. ¿Dónde he estado todo ese tiempo? Nos acercamos a otro pueblo. Nos hacen parar. Está anocheciendo. Los soldados se adelantan. ¿Nos dejarán sentarnos? Carmen lo intenta. El feld que tiene al lado le da una patada en las piernas. Parece que no, que nos tendrán aquí de pie. Igual es que saben que si nos sentamos ya no podremos volver a levantarnos. Comenzamos de nuevo la marcha. Entramos en el pueblo. ¿Qué dice el cartel? Sorgues. ¿Cuántos kilómetros hemos caminado? Todo el día, de sol a sol. No hay nadie en las calles. Una mujer se asoma a la ventana e inmediatamente se oyen varios disparos al aire. Está claro que no quieren que se repita lo del pueblo anterior. No cantamos. Nos llevan directamente a la estación. Y ahí está: nuestro tren o uno idéntico. ¿Cómo es posible? ¿En qué infierno macabro estamos, Dios? Apenas tenemos fuerzas para subir al vagón. Soy de las últimas y desde fuera oigo un grito, pero es de alegría. Algarabía dentro del vagón. ¿A qué se debe? Marie Jeanne se asoma y me da la mano para ayudarme a subir. Descubro el motivo de alegría: una caja con uvas, tomates, peras. Me asomo afuera y veo un espectáculo que no esperaba. No me había dado cuenta de que los soldados están también exhaustos. Se han sentado en el andén, han dejado caer sus armas y permiten que los ferroviarios y otra gente del pueblo se acerquen a los vagones y a los andenes, donde todavía están los hombres. Están repartiendo provisiones. Parece que se ha corrido la voz en el pueblo, porque cada vez se acerca más gente a la estación. Han perdido el miedo. ¿Cuánto durará este desorden maravilloso? Repartimos el contenido de la caja. No hablamos. Engullimos, gemimos, reímos. Cuando empezamos a saciarnos, una mujer se asoma a nuestro vagón.

–¿Está aquí Madelaine?

–No, respondemos casi todas al unísono.

–La hemos perdido.

–¿Cómo? ¿Ha huido?

–Dicen que estaba exhausta, que ha desaparecido entre las viñas.

Callamos. No sé quién es Madelaine. Estaba en el otro vagón. Pero Madelaine podía haber sido yo en ese momento en el que casi caigo. Podía estar ahora en una cuneta, agonizando o muerta. O, quién sabe, igual Madeleine no estaba tan exhausta y ha conseguido huir.

–Pensemos que, en cualquier caso, Madelaine se ha librado de esta mierda. Bien por ella.

Lo dice Janine en voz alta. Estamos todas de acuerdo.

Se acaba la fiesta. Los soldados y felds se han recompuesto y sus superiores ladran las órdenes. Acaban de expulsar a todos los civiles y los trabajadores ferroviarios de los andenes, suben a los últimos hombres y cierran los vagones. Hemos acabado con todos los contenidos de la caja. Antes de meterme en la boca el último pedazo de pera ya he comenzado a sentir la sed.

Las frutas nos han revuelto el estómago. La mayoría tenemos diarrea. No me acostumbro al impudor, a los ruidos, al olor, al asco, a la náusea que revuelve todavía más el estómago. Ninguna nos acostumbramos. Al usar el cubo pedimos perdón. Cuando una lo usa, las otras giramos la cara, aunque sea de noche, como ahora, y no haya ni un resquicio de luz.

Ya no hay con qué limpiarse. La paja limpia que hemos amontonado al lado de los cubos al subirnos al vagón ya se ha acabado y en su lugar hay un montón de paja mezclada con nuestros excrementos líquidos, que se derraman del cubo con el movimiento.

–¿Qué día es hoy?, pregunta Jesusa en la oscuridad.

Se oye un quejido, un bisbiseo, hoy nadie canturrea.

–¿Nadie sabe qué día es hoy?, insiste Jesusa.

–16 de agosto, dice no sé quién.

–No, corrige Carmen, hoy es 18.

–Que no se nos olvide, dice Jesusa.

Yo le pregunto por qué.

– Para recordar a Madelaine, si es que ha muerto.

Escucho el estruendo al mismo tiempo que mis compañeras y a la vez nos pegamos todas al suelo, nos tapamos las cabezas. El ruido atraviesa los tímpanos, la cabeza, el estómago, todo retumba, una bomba cae muy cerca, posiblemente en la locomotora, vamos a saltar todas por los aires. Mucho revuelo de soldados fuera. Marie Jeanne se arrastra hasta mí, la obligo a meter la cabeza bajo mi regazo. Otra vez se acercan, están cayendo en picado contra nosotros. ¿No se dan cuenta de que estamos aquí? Ametrallan el vagón. Oímos las balas caer contra las barras de hierro, contra la madera. Van a matarnos a todas. Gritamos, como si así nos pudieran oír desde los aviones. Gritamos absurdas, histéricas, ¡estamos aquí!, ¡estamos aquí! Algunas no gritan, lloran encogidas sobre sí mismas, otras inmóviles en el suelo. ¿Estarán muertas? Parece que ha sido la última ráfaga. Es como si nos hubieran oído. Los aviones se alejan. El ataque acaba. Empezamos a tocarnos, a preguntarnos todas a la vez ¿alguna herida? Nos damos cuenta de que ninguna bala ha atravesado la madera. Estamos todas bien, por lo menos físicamente. El terror se ha quedado con nosotras. Se oyen los gritos de los vagones de los hombres. Abren la puerta y nos dejan salir. Los hombres gritan ¡muertos!, ¡heridos! Están lejos. Sacan cuerpos. Miro hacia la locomotora. Me centro en ella, en el agua que pierde. Me tiraría a la vía para beberme esa agua. Pensarían que me quiero escapar y me pegarían un tiro. Los trabajadores de la estación revisan la máquina encañonados. Repiten que no se puede hacer nada, pero siguen trabajando. Los hombres ya no gritan. Rodean los cuerpos de sus compañeros.

Nos ordenan subir. ¿Qué van a hacer con los muertos y los heridos? Veo que obligan a sus compañeros a cargarlos de nuevo en los vagones. Oigo a mis compañeras hablar, hace tiempo que no las escucho, aunque no han parado de hablar desde que nos han desembarcado.

–Que nos remolcan a Montelimar, dicen.

–¿Y allí, qué?

–Yo qué sé.

–¿Alguien sabe cuántos han muerto?

–Unos cuantos. Parece que a dos les acribillaron al sacar unos trapos con los colores de la bandera.

–Entonces ya saben que estamos aquí.

–Nos liberarán pronto, ya veréis.

–¿Os dais cuenta?

–¿De qué, de qué nos tenemos que dar cuenta?

–De que somos el seguro de vida de estos boches de mierda. ¿Por qué este empeño en llevarnos hasta Alemania retrasando tanto el viaje? Podrían soltarnos e ir más rápido. Pero ahora, sabiendo los aliados que nosotros somos la carga, tienen pista libre. No volverán a bombardearlos.

–Pero sí pueden bombardear los puentes y las vías.

–Eso ya lo están haciendo y aun así, consiguen avanzar. Cuando crucemos la frontera, estaremos perdidas.

–En Montélimar hay una célula de la Resistencia muy fuerte. Seguro que ya están avisados.

Hablan las fuertes, las que llevan luchando tiempo, las que todavía tienen esperanza. Otras no se han recuperado todavía del ataque aéreo, tienen el terror metido en el cuerpo, la mirada espantada. Marie no hace más que contarse los dedos de las dos manos, susurrando los números. Hasta hoy canturreaba, hablaba a veces consigo misma en voz alta, rara vez conversaba o contaba nada suyo. Hoy ha dado un paso hacia eso que todas tememos, perder la cabeza. Me acerco a ella.

–Marie, querida, ¿qué te pasa en los dedos?

No reacciona, no me mira, sigue contando los dedos y vuelta a empezar. Le voy a acariciar suavemente una mano, cogérsela para detener ese conteo obsesivo, pero Marie grita, se agarra una mano con la otra, está dando alaridos de dolor. Me retiro y la dejo ahí sola, con su espanto y murmuro lo siento, lo siento. Las compañeras miran asustadas, tanto a ella como a mí.

–¿Qué le has hecho?, me pregunta Marie Jeanne.

–Nada, quería que parara de contarse los dedos, que volviera con nosotras.

–Creo que a Marie ya la hemos perdido, dice Janine.

¿Quién será la próxima? Tengo terror a ser yo, a perderme dentro de mí, en este vacío inmenso que no puede ser otra cosa que la muerte. La muerte la llevamos dentro y llega el día que se hace presente. Como en el rostro de Louis. Cada una llevamos nuestra propia muerte dentro y Marie ya está conociendo la suya.

–Maddi, Maddi, ya paramos de nuevo, me dice Marie Jeanne.

–Hemos llegado a Montélimar. ¿Te das cuenta de que solo ha pasado un día desde ayer?

–Claro, Maddi, si ayer fue ayer, solo ha pasado un día.

–Quiero decir, que desde la gran caminata solo ha pasado un día y hemos tenido hasta un bombardeo.

–Te quejarás, llevamos una vida llena de aventuras, dice Nicole.

Paramos. Nos hacen bajar. Enfermeras de la Cruz Roja, voluntarios con víveres. Las enfermeras corren hacia donde descargan los muertos y heridos. Se forma un gran alboroto. Hay una enfermera discutiendo con un pez gordo de civil. Gestapo. La apunta con su pistola. Le va a pegar un tiro.

–¿Estáis viendo, ahí abajo, la enfermera?

–Ese animal la va a ejecutar delante de todos nosotros.

El andén está en silencio. Somos cientos de cuerpos, una masa en ruinas, un rebaño apestoso. En silencio. El nazi grita órdenes, se da la vuelta. La enfermera empieza a organizar la recogida de heridos y muertos. Parece que ha conseguido una pequeña victoria.

De nuevo en esta oscuridad que no se va a acabar nunca. Un grito. Un lamento. Alguien llora. Nadie la consuela. Estamos cansadas de consolarnos. Cuando consuelas das parte de ti. Consolar desgasta. Marie Jeanne gime a mi lado. Está teniendo una pesadilla. ¿La despierto? Me ha pedido que la despierte cuando la oiga llorar o gemir en sueños. Sacudo con cuidado su hombro. Se sobresalta.

–Estabas quejándote en sueños. ¿Qué soñabas?

–Que no podía sacarme los calcetines. Los tenía llenos de sangre, pegados a los pies.

–Como el otro día.

–Eso.

–¿Y qué más?

–Que estábamos aquí.

–Las pesadillas son las mismas, despiertas que dormidas. ¿Te apetece recordar un ratito?

–Me da miedo.

–¿Empiezo yo?

–Venga.

–Pues entonces te toca poner tu cabeza en mi regazo.

Se acomoda en mi regazo y le acaricio el pelo. No queremos despertar a las compañeras que estén dormidas, pero con el traqueteo no se puede hablar en susurros, no se oye nada. Las que están despiertas se acercan para escuchar. Hablamos a media voz.

–Cada vez que veo al cura ese, me acuerdo del padre Bordes. Y me pregunto qué habrá sido de él. Recuerdo el día que le conocí, cuando entré oficialmente en la Resistencia. Sabía un montón de cosas sobre mí, como que estaba divorciada.

–¿Y eso? ¿Estás divorciada?, pregunta Nicole en la oscuridad.

–Sí, pero eso es otra historia. Ahora voy a contar la de Bordes.

Algunas murmuran. Les he dado una buena sorpresa.

–Ese día me cayó bien y me alegró enterarme de que algunos curas tomaban partido contra estos asesinos, no como los mandamases, todos petenistas.

–Y antisemitas, añade Jeanne.

–Eso también. Bordes era muy conservador, no penséis que era un revolucionario, pero era un hombre justo y valiente. Y todo un montañero. No os imagináis cómo subía y bajaba por nuestros montes, como una cabritilla, y ya tendría sus sesenta y tantos años.

–Pero ¿tú eras mugalari?

Es Carmen la que pregunta, siempre tan curiosa.

–A veces. El problema era que estaba muy vigilada y los pasos en mi zona son muy largos, pero de vez en cuando bajaba hasta el Bidasoa, pocas veces cruzaba.

–Así andaba el otro día, que nos lleva un montón de años y aguantó entera hasta el final, dice Jeanne.

–Bueno, en algún momento flaqueé. Ya no soy lo que era.

–Sigue con el cura, ¿le llevaste por los montes? ¿Para qué?

–Pues creo que no se acababa de creer que una mujer fuera capaz de tener la infraestructura que tenía yo montada, de mugalaris a un lado y a otro de la frontera, informantes, caseríos que daban cobijo, hasta un médico que cuando necesitábamos, ahí estaba. Así que Bordes se quiso venir un día a hacer el recorrido entero, para ver de primera mano cómo funcionaba la cosa.

–Claro, a ver dónde se ha oído que un cura se fíe de una mujer.

Nos reímos todas del chiste de Jesusa. Algunas se despiertan, se quejan, pero cuando se dan cuenta de que estamos contando historias, se desperezan y se apoyan contra la pared, con las piernas estiradas, una cruzada sobre la otra. Nuestra postura preferida para no sufrir demasiado el traqueteo.

–El caso es que después de esa primera conversación quedamos en que haríamos juntos el paso, con el siguiente grupo de evadidos. Llegaron cuatro y, con mi socio, el cura y yo éramos siete, un grupo un poco grande, pero viable. Me esperaron cerca del hotel...

–Que, por si alguna no lo sabe, estaba ocupado por los boches, apunta Marie Jeanne.

Murmullos de admiración y excitación. Como si fuéramos capaces de dejar de lado este olor asqueroso que nos inunda, el dolor intenso de las articulaciones, los pensamientos terroríficos. Todas me escuchan ávidas, menos Marie, la pobre Marie, hecha un ovillo sobre sí misma, en continuo vaivén.

–Sigue, Maddi, sigue.

–Bien, me están esperando todos como a quinientos metros del hotel, en una zona boscosa desde la que partían casi siempre, conmigo o con mi socio o con cualquiera de los otros muchachos de las redes.

–Pero ¿cuántas redes tenías?

–Constantes cuatro, luego intermitentes muchas más, y de vez en cuando aparecía gente por su cuenta. Un no parar.

–Madre del amor hermoso.

–Qué locura.

–Y con los boches ahí.

–Qué mujer.

–Bueno, el caso es que echamos a andar, pero ya en esos días toda la zona estaba muy vigilada, así que teníamos que ir casi todo el camino agazapados y muy pendientes, y al mismo tiempo muy rápidos porque la noche pasa volando y hasta la frontera teníamos al menos seis horas y otras seis hasta dejarles en el punto convenido al otro lado. A veces teníamos que avanzar como perros, a cuatro patas, porque sentíamos soldados cerca o veíamos alguna luz sospechosa, como linternas o cigarrillos. Cuando venían aviadores jóvenes y no había ningún herido, como esa noche, íbamos muy rápidos y ahí Bordes dio la talla. Los chavales, por respeto, no hacían más que preguntarle en inglés OK? OK?, y al final, Bordes, harto, les mandaba a la mierda y les decía que no era un viejo, que le dejaran en paz, pero los otros no entendían y otra vez, erre que erre, OK? OK? Así llegamos al primer caserío, donde nos esperaban con leche caliente, algo de comida y, lo más importante, alpargatas para cambiarse, porque el calzado se reventaba por los montes y no podíamos andar comprando zapatos o botas para todos. Bordes se dio una buena panzada de leche y talos. Estaba la mar de contento con cómo iba la expedición. Luego seguimos hacia el río. Como os decía, había mucha vigilancia, nos acercábamos al punto más difícil de la travesía. Allí nos esperaba otro socio. Nos llevó al paso que había elegido ese día. El Bidasoa es bastante engañoso porque parece que no cubre, que es estrecho y se puede vadear bien, pero tiene unas corrientes muy traicioneras. Mis mugalaris sabían bien por dónde pasar y por dónde no. Este en concreto había pasado mucho ganado en tiempo de paz y sabía perfectamente cómo hacerlo para no perder ninguna pieza. Así que nos dijo que nos agarráramos todos a la cuerda que había amarrado en cada orilla y así pasamos. Pero justo cuando estamos saliendo del río, empapados, escuchamos disparos muy cerca, como a doscientos metros. Nos echamos todos a las zarzas y Bordes empieza a rezar un padre nuestro. Y mi socio diciendo me cago en Dios, deja de rezar, cabrón, que nos van a oír. Bordes se santigua y le llama blasfemo, pero deja de rezar. Resulta que hay otro grupo y que les están disparando a ellos. Salimos corriendo monte arriba, aprovechando que están liados con esos y después de un rato, con la lengua fuera y con el pobre Bordes a punto de darle una apoplejía, nos damos cuenta de que ya no nos siguen. Y llegamos al siguiente caserío, donde ya pudimos descansar más tranquilos, secarnos, y volver a retomar fuerzas. Bordes se quedó con ellos hasta el siguiente punto de encuentro, ya en Oiartzun, pero yo me volví porque me estaban esperando mis alemanes.

–¿Te volviste sola?

–Pasé el río de nuevo con mi socio, pero el resto del trayecto sí, lo hice sola. Estaba acostumbrada.

–¿Y llegaron los otros bien?

–Hasta Oiartzun sí. Luego ya no era cosa mía. Ahora que os cuente Marie Jeanne...

Revuelvo un poco su pelo como señal para que empiece a hablar ella, que continúe el relato.

–Otro día.

Parece que lleva la pesadilla dentro todavía. No siempre es fácil salir de ahí. No siempre apetece contar. Yo me he quedado con la garganta más seca todavía, la boca pastosa, fatigada, sedienta, más sedienta. Me ha costado acabar. Pero miro a mi alrededor y, a pesar de la oscuridad, intuyo sonrisas. Sé que mi relato ha removido recuerdos similares. En unos segundos una de ellas empezará a compartir, se seguirán sumando voces y tal vez así esta noche eterna se haga más corta.

–No me pienso bajar, dice Marie.

Estamos todas en el andén, intentando convencer al soldado de que nos deje bajar nosotras a Marie. Hay un nuevo trasbordo. Marie está descalza, con los pies destrozados. Nadie tiene un par de zapatos para ella.

–Que me maten, yo no me bajo.

Le hacemos gestos al soldado, señalando los pies de Marie. El último trasbordo fue corto, apenas unos tres kilómetros, aunque sufrimos otro ataque aliado, hasta que nos vieron y se retiraron. Los pies de Marie no aguantaron más.

–Quiero seguir siendo persona. Yo me quedo aquí.

Llega un feld. Sabe francés. Nos pregunta qué pasa. Jesusa le explica que Marie llevaba unos días un poco trastornada y que no se quiere bajar del vagón.

–El tren está aquí mismo, en la estación de Valence. No tiene que andar más que unos pasos.

Es un feld que no ladra. Le ofrece la mano a Marie para que baje. Está tan desconcertada por el buen trato que lo hace sin protestar.

No damos crédito. En cuestión de tres días hemos hecho tres trasbordos, les han volado una locomotora y han conseguido otra, nos han bombardeado y ametrallado dos veces, hemos cruzado puentes destrozados, hemos caminado por campo abierto durante kilómetros y kilómetros para, al final del camino, volvernos a meter en el maldito tren o en otro igual de terrorífico. ¿Qué tipo de maldición nos ha caído encima? ¿En qué pesadilla nos han encerrado? ¿Dónde están nuestros salvadores, dónde la Resistencia? ¿Tan difícil es parar un tren? Nos han visto. Han visto esta columna de fantasmas, han visto un tren de más de doscientos metros. Saben el recorrido. Por cada estación que pasamos seguro que los trabajadores avisan a quien haya que avisar. Renée lo ha dicho, y ella lo sabe bien, que trabajaba pasando información ferroviaria: la Resistencia está infiltrada en toda la red. ¿Dónde están ahora?

Salimos de Valence. Es 21 de agosto. Llevamos once días en este maldito tren. La Cruz Roja ha conseguido darnos algo de fruta y agua antes de dejar la estación. Le doy a Marie Jeanne mi pan. No puedo tragarlo. Con una pera y todo el agua que me permite el reparto equitativo que hacemos, me conformo. Estamos desanimadas. Cada vez está más cerca la frontera, cada vez más lejos los aliados. Lo notamos porque el tren coge mucha más velocidad. No hacemos paradas inesperadas, no oímos aviones planeando.

–Igual los maquis de Lyon...

No sé quién lo dice. Da igual. Ninguna contesta. Marie vuelve a actuar de forma extraña desde que nos han devuelto al vagón de ganado. No se aparta del cubo de excrementos. Antes me parecía que metía la mano en él. Pobre criatura. Incluso si aparecieran los del maquis, para qué, no podrían abordar el tren. La cantidad de soldados, policía militar y SS que lo custodia... se necesitaría un ejército. Qué empecinamiento. Pero claro, nos llevan de rehenes. Marie podría ser yo dentro de unas horas o unos días. O cualquiera de las otras. ¿Hay alguna entre nosotras que reza? Los bisbiseos que escucho en la oscuridad no sé si son rezos, igual es otra que, como Marie, ha perdido la cabeza. Igual soy yo y no me entero. Marie Jeanne dormita a mi lado. En qué poquita cosa se ha quedado. ¿Cómo estará por dentro? A ratos la veo fuerte. La debilitan los recuerdos y pensar. Necesita hacer, actividad. Por eso cuando algo sucede, por malo que sea, se espabila, le vuelve la vida. Yo, sin embargo, necesito este hablarme constante, recordar lo superado, lo hecho, las decisiones que he tomado. Echo de menos rezar, pero ya no me produce ningún consuelo hacerlo. A veces pienso, Señor, que me condenaste hace tiempo. Si en tu idea de la justicia y la bondad es necesario que algunos seres humanos tengamos que pasar por esto, no quiero tener nada que ver contigo. Porque tú me dirás, qué hemos hecho cualquiera de las que estamos aquí para merecer este horror. Y el que nos espera. Por qué has dejado caer sobre los cientos de almas que vamos en este tren semejante castigo. Por qué, a pesar de tenerlo todo en contra seguimos avanzando hacia la frontera. Al final voy a acabar pensando que los nazis te rezan a ti y que tú les escuchas a ellos. En vez de a mí. En vez de al cura que va en este convoy. En vez de al padre Bordes. En vez. Marie me mira en la oscuridad, con la mano metida en el cubo de los excrementos. Creo que me sonríe.

–Tenemos que intentarlo. Tenemos que intentarlo, joder. Algunos hombres lo han hecho. ¿Qué creéis que hacen si no revisando los bajos cada vez que paramos? ¿Qué son esos gritos y persecuciones?

–Lo que no sabemos es a cuántos pillan y qué pasa con los que se quedan en el vagón.

–O cuántos se quedan en las vías aplastados.

–Y en sus vagones son muchos, si escapan unos pocos igual ni se enteran.

–A nosotras nos pillan seguro.

Las voces se mezclan. No sé quién defiende qué.

–Quienes se atrevan, que lo intenten, yo no me opongo, pero no sé cómo lo vais a hacer.

Marie Jeanne está a mi lado callada. Yo tampoco digo nada.

–¿Cómo vamos a levantar estas tablas?

–Yo tengo esto.

Nicole tiene una barra de hierro de unos pocos centímetros en la mano.

–¿De dónde lo has sacados?

–La recogí en Valence, justo antes de subir. Tiene las puntas redondas y es muy corta, pero podemos intentarlo.

Se ponen varias a cuatro patas en el centro del vagón, en la juntura de varias planchas. Las vemos intentar por turnos meter el hierro, golpear los clavos en un gesto absurdo y desesperado. Me contagia su frenesí, como si de repente estuviera clara la posibilidad de escurrirnos por los bajos del vagón. Sí, yo también lo veo. Me incorporo y me acerco. Busco, palpando el suelo, alguna apertura. Encuentro un lugar donde tal vez quepa el hierro.

–Aquí, pásamela.

Nicole me da la pequeña barra, intento forzar la madera, hacer palanca. El dedo meñique me duele, como me duele el hombro derecho, la mandíbula, la nuca, las lumbares, las rodillas. No entra. Aquí no entra, pero sigo rastreando el suelo. Más hacia la esquina hay otra separación. Si conseguimos soltar una sola tabla, después podríamos hacer saltar todas las que necesitemos. Lo intento y sí, aquí sí entra, hago palanca pero no se mueve. No se mueve.

–Jesusa, ven, inténtalo tú.

Se arrodilla a mi lado. Hace el mismo gesto con el mismo resultado nulo. Nos vamos turnando, se acerca también Nicole. La tabla no se levanta ni un milímetro. Mientras ellas siguen intentando, rastreo el resto del vagón, el suelo está perfectamente sellado, tabla contra tabla, clavos hundidos hasta el fondo. Ellas abandonan. Yo no. Intento meter las yemas de mis dedos, las uñas, una astilla se me clava en el índice izquierdo, varias en el corazón derecho, pero sigo haciendo fuerza. Más fuerza. Me oigo gritar. Una mano me acaricia la cabeza. Levanto la vista del suelo, es Marie Jeanne. Me incorporo con un calambre en la espalda que me paraliza. Nicole, Jesusa, María, me observan ya sentadas contra la pared del vagón. Parece que hace rato que nosotras no. Que ya no.

–Maddi, ¿estás despierta?

Lo estoy, pero no me queda saliva en la boca, no quiero hablar. Marie Jeanne se pega más contra mí, a pesar de este calor terrible. Estamos todas medio desnudas, la mayoría en combinación, o en bragas y sujetador. Cuando Marie se quitó toda la ropa, hará ¿cuánto?, fue después de la gran marcha, nos miramos avergonzadas ante su desnudez, pero poco a poco hemos ido prescindiendo de prendas. Empezamos con las faldas, después las blusas... soy la más mayor de este vagón, en el otro hay alguna como yo, incluso una que tiene algún año más, pero comparo mi cuerpo con el de algunas de estas muchachas y compruebo mi fortaleza, algunas son tan flaquitas, tan jóvenes, que ni siquiera tienen músculos en las piernas, estos días se han quedado en nada, son todo dientes y ojos, hambre, como la pobre Jeanne, la más jovencita. Está aquí por llevar un paquete con cinco ejemplares de *Combat*. Ese es su crimen. Marie Jeanne es mucho más fuerte, se notan los kilómetros que ha recorrido en bicicleta, cuesta arriba, cuesta abajo, las travesías por nuestros montes y el carácter, qué carácter bonito, ilumina hasta la miseria, está llena de vida mi pequeña Marie Jeanne, aunque a veces no lo parezca.

–Bonita, estoy despierta. ¿Estás bien?

–Vaya pregunta, viajando como viajamos en primera.

–¿Qué querías?

–Que me contaras algo.

–Me duele mucho la garganta, tengo una sed terrible.

–Pronto nos tocará reparto de agua, ¿no?

–No tengo ni idea.

–¿Cuándo nos toca el agua?

Marie Jeanne tiene que levantar la voz por encima del estruendo del traqueteo. Vamos a mucha velocidad.

Alguna gruñe, molesta seguramente porque Marie Jeanne le ha recordado la propia sed.

–Todavía no.

No sé quién ha gritado de malas maneras. Renée se encarga del reparto, habrá sido ella.

El tren se detiene. Estamos en una estación. Una de nosotras dice la fecha, 23 de agosto. Se oyen ruidos de otros trenes. Esperamos a que nos abran las puertas. Escuchamos sus voces fuera, sus botas caminar arriba, abajo, arriba, abajo del andén. No abren. Alguien grita a lo lejos ¡las vías están cortadas!, ¡no conseguirán sacaros de Lyon! Ya no nos alegramos. Estamos en Lyon, cada vez más cerca en este viaje que no puede acabar si no mal. Por fin abren. Nos apuntan dos felds con sus fusiles, otros dos dejan dos cubos de agua, un saco con pan viejo y varios botes de mermelada. Les pasamos el cubo de desechos. El que lo recoge nos mira como si estuviera limpiando una cuadra. No somos más que un grupo de yeguas desnutridas a las que ya no compensa alimentar. Cierran.

–¡Esto está hasta arriba de soldados alemanes!

–Pero ¿dónde estamos?

–Dijon, estamos ya en Dijon.

El cubo en el que se apoya Nicole tambalea.

–Ten cuidado con el espino.

–Pero ¿qué está pasando?

–Parece que los soldados se van a comer a los mandamases. Les están gritando y señalan nuestros vagones. Están llenos de mugre, con los uniformes a medias... están hechos un desastre, amigas. Estos ya han perdido la guerra.

–¡Quieren huir a Alemania en nuestro tren!

–¿Os imagináis? ¿Os imagináis que se los llevan a ellos y nos dejan a nosotras aquí?

Hablan todas a la vez. La esperanza se renueva. Dios mío, ilumina a estos hombres y, por una vez, ayúdanos. Haz que tomen la decisión correcta. Los salvarías a ellos, a todos esos soldados, muchos de ellos seguro que inocentes, y a todos nosotros, que sabes que lo somos. Sería tan fácil como hacer que ese teniente tenga un momento de humanidad, de compasión por los suyos. No te pido que la tenga por nosotros. No somos más que ganado destino al matadero. Pero ante esta masa suplicante de compatriotas, que opte por ellos. Escúchame, Señor, escúchanos porque seguro que, como yo, somos muchas voces implorándote. No te ofrezco un sacrificio si nos sacas de esta. Creo que ya he hecho suficientes. Solo te pido que desde ahí arriba nos mires y te apiades de nosotros. No es un milagro lo que te pido, Señor, es un rayo de luz en la cabeza de ese asesino.

12

Amanece. Oscuridad.

13

Abren las puertas. Nos ciegan los focos. Marie Jeanne baja primero. La sigo. Me da la mano. Algo me golpea la espalda. Marie grita, grita sin palabras, un perro la ataca. Hay hombres en pijama. ¿Son hombres o son fantasmas? Nos hacen andar. SS. Por cada SS, un perro. Marie Jeanne me sigue agarrando la mano. No te pares, me dice. No te pares, me repite. Pasamos a una estancia muy amplia. Es un cuarto de baño. Nos indican que nos podemos duchar. Marie Jeanne empieza a quitarse la ropa. Los SS no se van.

–No mires, Maddi. Como si no estuvieran. Déjame que te ayude.

Le retiro la mano. Puedo hacerlo yo sola. Me tambaleo. Abrimos los grifos y somos una expresión de alegría. El agua me espabila. Cierro los ojos bajo el chorro y ya no es todo oscuridad. Hay puntos de luz y estoy tumbada boca arriba en un helechal y contemplo las estrellas.

–Tenemos que vestirnos.

Marie Jeanne ha cerrado mi grifo. Nos secamos con unos trapos viejos pero limpios. Nos vestimos con los mismos harapos apestosos. Nos distribuyen sentadas por el baño. Sigo pegada a Marie Jeanne, que me acaricia la mano, el brazo. Me toca la frente y me mira preocupada. Llegan varios hombres en pijama con café y ¿qué es eso?, ¿pan caliente? Es pan caliente. Animales. Histéricas. Nos abalanzamos. Los hombres en pijama nos gritan en francés que estemos tranquilas, que hay para todas. Tomo el café de un trago. No es café. Es otra cosa, pero da igual. Es líquido. No toco el pan.

–Tienes que comer, Maddi. Desde Dijon no comes.

–Quiero más café.

Hay más café. Tomo otro cuenco. Ahora sí, como un poco de pan. Me cuesta tragarlo. Mi garganta debe ser un campo de llagas. Los hombres en pijama nos van diciendo cosas en susurros: que estamos en Dachau, que en cuanto nos procesen nos enviarán a todas las mujeres a Ravensbrück, que por eso nos tienen en los baños, que los hombres se quedan, que han sacado muchos muertos de sus vagones. El café o lo que sea me ha revuelto el estómago. A todas. Hacemos cola para usar los retretes. Es una fiesta usar un retrete. Y lavarse después.

Nos procesan. Nombre. Apellido. Nacionalidad. Año de nacimiento. Lugar de nacimiento. Ponen números al lado de nuestros nombres. Nos llevan a través del campo. Esto es enorme. Está lleno de hombres cadavéricos, sus cuerpos perdidos en esos pijamas zarrapastrosos. Los hacen desfilar en orden. ¿Para qué? Nos meten en la cantina. Es muy grande. Bancos corridos. Mesas. Nos ponen a las sesenta y tantas juntas en la parte de la entrada. Nos traen agua, más café, pan, sopa. Comemos. No paran de hablar. Dónde encontrarán tantas palabras. A mí se me van perdiendo. Busco a Marie con la vista. Casi no se la ve. Pequeñita. Encogida. Muda.

Los hombres de la cantina consiguen darnos pan a escondidas para el viaje. Atravesamos el campo. Los hombres nos despiden con gritos de ánimo. El tren nos espera a la salida.

De nuevo la paja, los cubos, la puerta, el cierre, la noche. Tres días nos han dicho. Tres días y dos noches.

Huele a pino y humedad. A barro y a musgo. Mis pies pisan un terreno blando, arenoso, se meten piedrecillas en los zapatos. La luna brilla ahí arriba. Aquí abajo oscuridad. Cerca, agua. Un lago. Quiero que este paseo no acabe nunca. Nunca. Seguir así, bajo esta luna hasta el final, hasta que no pueda poner un pie por delante de otro. Que mi cuerpo se acabe de descomponer. Dejamos a un lado unas casitas preciosas, cada una rodeada de su jardín, al otro lado un lago que intuyo bien grande. Parece un lugar de vacaciones, casi tan bonito como el collado de San Ignacio.

Focos. Muros, muros altísimos que se funden en la noche. Alambre. Entramos en una noche iluminada por los focos. Por los gritos. Otra vez azuzan esos perros viciosos, violentos, contra nosotras. Parece mentira que sean de la misma especie que Zuri y Pintxo, pero también parece mentira que esas mujeres de uniforme que nos azotan con sus látigos y porras sean mujeres como nosotras. Nos ordenan de cinco en cinco. Marchamos. Un baño sucio. Nos hacen tumbar sobre unas tablas de madera. Un oficial de las SS nos grita órdenes que otro traduce. Que no hablemos, dice. Que no nos movamos, dice. Marie Jeanne no se despega de mí. Me habla en susurros pero no entiendo lo que me dice.

Una sirena me saca del aturdimiento. Es de noche ahí afuera y una sirena suena como si quisiera reventarnos los tímpanos. Nos incorporamos un poco, con miedo, porque una de las mujeres guardas nos vigila. Nicolasa se incorpora un poco más y, lo esperado, esta perra le mete un vergazo en la espalda. Nos volvemos a tumbar y algunas se amodorran. La cabeza me estalla. Otra vez la sirena. Oímos tumulto fuera. Un tumulto silencioso, de cientos de pies que se arrastran por la gravilla, de murmullos en la noche. Nuestra guardiana comienza a gritar órdenes que no entendemos. Aparece otra y, a golpes, nos hacen formar de nuevo de cinco en cinco. Salimos al patio. Marchamos por detrás de filas y filas de mujeres, formadas para lo que parece un recuento. Algunas casi desnudas o con extraños atuendos, otras con vestidos de rayas, algunas descalzas, otras con botas, muchas rapadas, cadavéricas. Esas seremos nosotras pronto; algunas, como yo, más pronto que otras. Sé que llevo días con fiebre ¿una semana tal vez? Desde Dijon. Le susurro a Marie Jeanne ¿qué día es hoy? 2 de septiembre, me responde. Casi diez días así. Entramos en un edificio muy iluminado. La luz me atraviesa como un rayo. Una sala grande. Las compañeras que todavía tienen pertenencias las dejan en un montón. Unos SS nos gritan que nos desnudemos. Algunas lloran. Marie Jeanne no. Nos mandan ducharnos. Sin jabón. El agua está fría. Tirito, pero agradezco la frescura en mi cuerpo que arde. No hay toallas. Quedamos todas en pie, temblando de frío y de miedo. Desnudas. Las guardianas nos contemplan y hacen comentarios entre ellas. Se ríen. Los SS entran y salen. Uno se queda mirando continuamente. No sé cuánto tiempo pasa. Nos hemos secado. Algunas seguimos tiritando, con una mano tapando nuestro sexo, otra nuestro pecho. Algunas lloran en silencio. Marie mira al infinito. Su delgadez es tan extrema que los huesos de sus caderas sobresalen, parece que le van a atravesar la piel. Llega un médico, nos mira de arriba abajo, nos ausculta sin tocarnos con las manos, hace que la asistenta, con guantes, nos abra la boca y él nos mira los dientes como si fuéramos caballos, nos dan un termómetro para que nos lo metamos en el culo, no quieren tocarnos, una guardiana me tira del pelo para que baje la cabeza, me examina buscando piojos y liendres. Coge la asistenta los termómetros con guantes. El mío se lo enseña al doctor. Apunta sin mirarme. No sé cuánta fiebre tendré. Señala a Nicolasa y a Aimée, las llevan aparte, les rapan el pelo con violencia, también el del pubis. Las dos sollozan, Aimée grita. Cuando acaban, las vuelven a empujar contra nosotras. No son las mismas ahora sin sus bellas melenas, sus ojos están más hundidos, más perdidos dentro las cuencas, sus pómulos, como las caderas de Marie, rasgan la piel. Nos hacen pasar una a una por una camilla. La primera es Renée. La abren de piernas con violencia entre dos guardianas, el doctor mete una especie de pinzas en su interior y después una espátula. El gesto de Renée es de dolor, se intenta retorcer. Una de las guardianas le pega un sopapo. La mandan levantarse. La siguiente. Sin lavar los instrumentos vuelven a hacer lo mismo. Y lo mismo. Me toca el turno. Me tumbo y abro las piernas sin resistencia. Los instrumentos están calientes de tanto trasiego. Me causan escozor al entrar, me rasgan las paredes por dentro, el dolor es intenso, la vergüenza. Esperamos en una esquina de la sala, nuestros cuerpos desnudos, pegadas las unas a las otras. Terminan la revisión. Nos obligan de nuevo a ponernos en fila para darnos el número de matrícula y las ropas. Soy la número 62.462 con un triángulo rojo con la S. Me han registrado como española, no como francesa. Una camiseta raída, unas bragas. Parece que no les quedan uniformes de rayas. Nos dan vestidos, faldas y blusas de muertas con dos grandes equis pintadas en blanco, una delante y otra detrás. A mí me toca un vestido de verano y unos zapatos demasiado grandes; a otras, una especie de zuecos con suela de madera. ¿Cómo conseguir calcetines? Nos miramos las unas a las otras. Disfrazadas como payasas. A nadie le han dado ropa que le encaje. Nos habla el mismo oficial de las SS que nos recibió, le traduce una mujer con acento alemán que va vestida de civil pero no como nosotras, ella está limpia y bien vestida, no sé dónde colocarla en este delirio, su ropa no tiene las aspas delante y detrás, tampoco tiene número. Será una administrativa. O una guardiana que se ha quitado el uniforme. Nos dice que vamos a estar dos semanas en cuarentena, que tenemos prohibido salir del barracón, que no lo intentemos porque nos reconocerán por el número de matrícula, que no cumplir las órdenes implica un castigo ejemplar, que una vez pasada la cuarentena nos destinarán a diferentes trabajos, que si alguna está enferma lo diga y la llevarán a la enfermería, Marie Jeanne me hace un gesto, yo niego inmediatamente con la cabeza, que nuestros recuentos no se harán en la plaza con el resto de las prisioneras sino frente a nuestro barracón, que de lo demás nos informará nuestra blockova, ¿nuestra qué?, preguntan varias voces, vuestra jefa de bloque, una como vosotras, pero más lista. ¿Quién será esta tipeja? Nos ordenan salir, de cinco en cinco. Siempre de cinco en cinco. Afuera, en lo que parece la plaza principal, las mujeres siguen en pie. ¿Cuánto tiempo llevan así? Entramos en nuestro bloque. Filas y filas de literas en tres pisos. Olor a vagón. Peor. Mucho peor. Oigo el llanto de un bebé, debo de estar delirando. Una guardiana nos señala un rincón. De ahí no nos podemos mover ¿durante cuánto tiempo? El olor. Este olor. Las letrinas están cerca. Hay unas pocas camas libres. Si a esto se le puede llamar cama. Nos apiñamos. Nadie quiere las del medio. Marie Jeanne y yo compartimos una casi a ras de suelo. Nos acomodamos como podemos y esperamos. Esperamos a qué. Vuelvo a oír a un bebé llorar, viene del otro lado del barracón.

–Marie Jeanne, me estoy volviendo loca. ¿Tú escuchas un bebé?

–Sí. Hay niños aquí dentro.

–Hay niños en el infierno.

Me puede el cansancio. Me amodorro mientras Marie Jeanne me acaricia la cabeza. Oigo que se quejan de sed, de hambre. Solo quiero dormir.

¿Qué es este sonido que me atraviesa la cabeza? ¿Qué está pasando? Marie Jeanne está incorporada a mi lado.

–Es la sirena. Tenemos que levantarnos.

–¿De bombardeo, de qué?

–No, mujer, lo que contó la blockova.

–¿Tú te enteraste de algo?

–No, pero luego nos lo explicó la compañera comunista.

Tengo una leve memoria de ver con nosotras a una mujer que no conocía, durante un rato, pero no consigo recordar las últimas horas.

–Ay, Marie Jeanne, dime tú, que no presté mucha atención.

En el barracón hay un revuelo terrible, las mujeres corren como gallinas descabezadas, se agolpan al lado de las letrinas, la mayoría son gitanas.

–Pues que tocan todos los días a esta hora, a las tres y media de la madrugada para levantarnos y para las cuatro hay que estar fuera del barracón, con la cama hecha. Anda, levanta ya.

–¿Qué cama?

–Bueno, este jergón de mierda. Hay que colocarlo bien. Y que no dejemos nada a la vista porque lo roban.

–No tenemos nada.

–Es que dice que roban hasta la escudilla. Y si te quedas sin escudilla, te mueres de hambre porque no tienes dónde poner el café y la sopa.

–Vale. Pero nosotras no tenemos que salir a formar a la plaza, eso sí que entendí, que no nos podemos juntar con las otras.

–No, nosotras tenemos que salir a la puerta del barracón, pero no ahora, cuando nos digan.

–¿Qué más dijo la compañera?

–Que somos muchas, un montón de francesas, que han puesto una tienda enorme y que a algunas las meten ahí. Esas, fatal.

–¿Peor que aquí?

–Mucho peor y que no te lleven a la enfermería. Hay tifus, disentería, de todo, ahí llevan a las que dejan morir. Maddi, te tienes que reponer.

Nadie viene a vernos. Estamos desesperadas. Hace un calor horrible aquí dentro. No podemos soportar el olor. Marie Jeanne está como un animal encerrado, no para de moverse arriba, abajo, arriba abajo por el pasillo. Nadie nos vigila. Podríamos salir. Lo decimos unas, otras, pero ninguna nos atrevemos. Marie Jeanne, sin decir nada, se dirige a una ventana que no tiene cristal. Se asoma, mira a los dos lados y salta. Nos quedamos aterrorizadas. Quiero gritarle que vuelva, cómo se le ocurre. Si la pillan ni me imagino qué le harán. María se asoma también a la ventana. ¡Ni se te ocurra! ¡No vayas! Pero María tampoco escucha y salta. El nerviosismo me puede. Otra vez tengo diarrea, aunque desde ayer no nos hayan dado nada de comer ni beber. Voy a la letrina. Tres retretes para ¿cuántas mujeres estamos aquí? ¿Quinientas? ¿Seiscientas? No me he acercado a la puerta y ya piso un líquido viscoso, el olor es insoportable, ya no puedo más, ¿cómo lo habrán hecho mis compañeras? Me quito las bragas, abro las piernas y ahí mismo, en pie, dejo que salga todo de mí, intento que no me salpique, no tengo con qué limpiarme, esta degradación, que nos ahoguemos en nuestra propia mierda, en nuestra propia inmundicia, me vuelvo a poner las bragas, si tuviera algo que vomitar, vomitaría, solo un hilo de bilis acompaña la arcada. Marie Jeanne y María han vuelto. Habla Marie Jeanne, con cara de pánico:

–Siguen todas ahí formadas.

–¿Las has visto?

–Son cientos. Las SS les gritan todo el rato y las azuzan con los perros. A la que se cae, le pegan. Me he vuelto corriendo, no he visto más.

María no añade nada.

Las chinches y los piojos están tan gordos que los vemos subir y bajar por la madera de las literas. La sopa me ha removido de nuevo la tripa. La sopa o lo que fuera eso. Un agua sucia con nabo. Alguna ha dicho que cree que le ha tocado un pedazo de patata. Un mendrugo de pan. Hemos visto el reparto a las otras presas y ha sido grotesco. Los golpes, los empujones, los gritos. Algunas no parecen ya mujeres.

–Esas rusas y polacas dan miedo, ¿verdad?, le pregunto a Marie Jeanne, ¿has visto cómo pegaban a esas pobres?

–Sí. Parece que son ellas las que dominan el campo. Dicen que todas las jefas son rusas o ucranianas o polacas, no sé, y que se entienden con las oficierinas.

–¿Las qué?

–Las mujeres SS, bueno, que no son SS de verdad, son aufseherein o como se llamen, las llaman oficierinas, que es más fácil. Que algunas blockovas son tan brutas como ellas. La nuestra es polaca y ya ves cómo las gasta.

–Algunas están casi gordas.

–Tienen los mejores trabajos, se cuidan entre ellas. ¿A que no has visto ninguna con nosotras hoy, moviendo arena de aquí para allá?

–Igual es porque estamos todavía en cuarentena y nos tienen haciendo ese trabajo absurdo.

–Son las que más tiempo llevan aquí y algunas son soldados del ejército ruso. Tipas duras. Han aprendido a sobrevivir.

–¿Nos darán en algún momento ropa de abrigo? Las dos últimas mañanas casi me hielo en el recuento.

–Lo dudo. Dicen que se consigue por trueque.

–¿Y qué vamos a cambiar, si no tenemos nada?

–Pan.

–Pan tampoco tenemos.

–¿Para qué nos harán estar horas en el recuento? Luego no tenemos fuerzas para trabajar.

–No intentes entender sus motivos, Marie Jeanne. No nos da la imaginación.

–¿Nos llevarán mañana de nuevo a mover arena?

–A saber.

Nos quedamos en silencio, escuchando el murmullo de nuestras compañeras. Jesusa levanta un poco la voz.

–¿Qué será de Marie?

Nadie contesta. Siento un malestar, un desasosiego, me vuelven de nuevo todas las imágenes: Marie cayendo, la guardiana gritando histérica y dándole con el látigo, como si fuera un caballo que no se quiere levantar, la espalda de Marie descarnada, esas dos mujeres ¿quiénes eran?, llevándosela a rastras. ¿Cuántos días han pasado? ¿Dos o tres? Cada vez me cuesta más llevar la cuenta de los días. ¿Estará en la famosa enfermería? Hoy hemos descubierto lo que es realmente esa chimenea por la que siempre sale humo y a veces llamaradas de colores: el crematorio. Las dos mujeres que reparten la sopa han sido claras. Salían de la chimenea unas grandes llamas ocre, amarillas, azules, realmente magníficas. He señalado, no sé por qué he sonreído, me han parecido bellas. Una de las mujeres me ha mirado ha dicho la palabra crematorium y después me ha apuntado con el dedo, selection ha dicho, y ha hecho un gesto con los dedos en el aire... humo.

La sirena. Los gritos de las blockovas despertándonos. El caos en el barracón. No voy a llegar a tiempo. No llego. Decenas de mujeres se agolpan. Algunas se lo hacen encima. Yo también. La mierda me corre por las piernas. Otra vez la sirena. Salimos al patio. Filas de diez. La noche está estrellada. Fría. Respiro profundamente. Casi puedo oler el frescor, los pinos cercanos. Pero no. Ni siquiera aquí, a la intemperie, nos libramos del olor dulzón de todo lo que se pudre dentro y fuera de nosotras, ese olor inconfundible que acompaña al humo del crematorio, imposible desprenderse del olor. El olor y el frío. A mi alrededor algunas mujeres llevan abrigo. Son jóvenes. Están más fuertes que yo, que esa pobre anciana que igual no es anciana, igual tiene mi edad, estoy como ella, quién sabe si al crecerme el pelo después de que me lo hayan rapado en la enfermería va a salir todo cano, tengo la espalda como ella, encorvada de cavar y mover piedras. Pero no, ninguna me va a dar su abrigo porque lo peor está por venir, el invierno está por venir, esto no es nada, hay carámbanos pero todavía no ha nevado, dicen que el invierno pasado no daban abasto en el crematorio, ahí sí que hace calor, jaja, tampoco ahora se detiene el crematorio, ahí está, echando humo, día y noche, día y noche, y las carretillas de cenizas, al lago, van a acabar secando el lago, se comerán los lucios que comen nuestras cenizas... vuelve, Maddi, vuelve al cielo, a tus estrellas, sin mirar hacia el humo del crematorio. Miro al cielo, sí, profundo, miles de estrellas allí arriba. Pocas veces he contemplado cielos tan bonitos como los de aquí, tan estrellados. Me enfoco en una, más solitaria, aislada, como yo, aquí abajo, sola. Dónde te habrán llevado, Marie Jeanne. Acabar la cuarentena y separarnos. ¿Descubrieron que somos primas? ¿Me dejaron aquí porque decidieron que soy española? ¿Porque soy vieja? ¿Por enferma? Para todo hay categorías. Os llevaron a todas, no sé si al mismo sitio, igual queda alguna por el campo, en otro barracón. Solo sé que me he quedado sola. Espero que estés en un lugar mejor que este, una fábrica de esas en las que, cuenta la leyenda, dan de comer y no pegan constantemente, sin perros ni oficierinas, como las llamabas tú. Nada puede ser peor que este hambre, esta sed, este frío, qué frío, mis pies muertos, esta espera hasta que llegue el final, aquí nos matan sin matarnos, poco a poco, o no, también nos matan si caemos, como Marie, que seguro estás en el lago, con los lucios, si miramos mal, si confundimos una orden, si a un perro le da por cebarse con una, estos perros satánicos, educados para desgarrar, beberse nuestra sangre, tantas formas de morir, de hambre, a golpes, fusilada en el pasillo de la muerte, morir de frío, de tifus, de abandono como las mujeres de la enfermería que todavía agonizantes las llevan al crematorio, porque total, es cruzar la calle y ya están en el horno, qué hago yo aquí, en esta noche estrellada, cómo sobreviví a la enfermería, no lo sé, capricho tuyo, Señor, que querrás que sufra un poco más, que querrás que me vuelva loca pensando qué ha podido ser de Marie Jeanne, de las otras compañeras que por más que busco y pregunto por el campo no encuentro rastros ni respuestas, pensarás, Señor, que me queda más por sufrir porque si no, dime, dime qué otra cosa hago yo aquí, muerta de frío bajo las estrellas, esperando a que empiece un día también sin final, aquí cada momento no tiene final, el suplicio es eterno en cada instante de dolor eterno, la sed, la sed, esta sed, el terror, los gemidos que no cesan, los aullidos de las que caen, los gritos de las que golpean, los miles de pies que se arrastran por esta gravilla negra, un rugir que al mismo tiempo es un murmullo, tirar de la piedra apisonadora como una mula, cavar, mover piedra aquí piedra allá y vuelta a empezar para construir una carretera o una pista de aterrizaje o Dios sabe, sí tú sabrás qué es, para qué sirve, para traer más almas a este infierno. Dios, te maldigo cada minuto de este minuto eterno.

14

Arranca el tren. Otra vez en un vagón con paja en el suelo y unas latas para hacer nuestras necesidades sin agua ni comida. Apenas nos podemos mover. Pegadas unas a las otras. La mayoría son belgas y polacas. No conozco a ninguna. Tenemos un aspecto que no se puede describir con palabras, ni dibujar, ni siquiera una fotografía podría retratar tanta miseria porque en la fotografía no saldría el olor que despiden nuestros cuerpos por mucho que nos hayan dejado ducharnos antes de salir el olor sigue aquí en las llagas supurantes de nuestras piernas en nuestros estómagos metidos para dentro por el hambre en nuestras diarreas perpetuas esto no saldría en una fotografía tampoco la oscuridad y el miedo que cada una lleva dentro las memorias de todo lo que hemos visto y vivido yo apenas un mes pero estas polacas muchas vienen de ese otro campo donde las cámaras de gas se comen a miles y miles de judíos sin parar y gitanos Auschwitz se llama ese campo y dicen las que llegan de allí que Ravensbrück es mejor y no me cabe en la cabeza cómo puede ser peor hay cosas que no se pueden comparar en las que la palabra mejor no es una categoría posible tampoco cabría nada de esto en una fotografía ni en un libro por mucho que se quiera contar como dicen que lo van a hacer las que son más instruidas si sobreviven porque tienen la cabeza muy fuerte pero el cuerpo delicado aunque aquí no sé qué es más necesario para sobrevivir si el cuerpo o la cabeza. Los dos me fallan.

Abren la puerta del vagón. Otra vez perros esperando gritos patadas caemos unas encima de otras aullidos gemidos otra vez.

Caminamos en columna. Oigo la palabra Berlín. ¿Esto es Berlín? Caminamos entre fábricas. Estamos cerca del río. Obreros que nos miran sin asombro. No debemos de ser las primeras muertas vivientes que ven. Un erial cerrado con alambre de espino. Formamos. De cinco en cinco. Frente a una especie de caseta al lado de un embarcadero. Es imposible que nos quieran meter a todas ahí. Hacen recuento. Yo soy de los números más altos de Ravensbrück, cinco dígitos, la mayoría tiene solo cuatro. Son veteranas. Nos ordenan entrar, dan otras órdenes que la mayoría parece entender. Vamos ocupando las camas. Para cada dos, una cama. A mi lado una chica belga menudita, me mira con unos ojos enormes negros.

–¿Quieres que compartamos?, le digo señalando la cama.

–Sí, sí, compartimos.

Nos ordenan subirnos a las camas. Ya hay una blockova designada para nuestra zona. Polaca, por supuesto. La traduce al francés una compañera belga. Vamos a trabajar en Petrix, fábrica de baterías, en dos turnos de diez o doce horas cada uno, asignarán trabajos según capacidades y estado de salud, las comidas se harán en el campo. Preguntamos qué comeremos y, sobre todo, cuándo. Nadie sabe.

Traen un agua sucia. La sopa. Un pedazo de pan que desaparece en un solo bocado. Nos dividen en dos turnos sin lógica aparente. Da igual, quien trabaja esta semana de día lo hará la semana que viene de noche. Me toca empezar en el turno de día. A las ocho vienen a por las que trabajarán de noche. Se llevan a la pequeña belga. Qué bien, me quedo sola. Un golpe me tira al suelo. Una polaca se sube a mi cama. Tengo que buscar otro jergón. Todos ocupados por dos o por una que no quiere compartir, voy de cama en cama suplicando, mendigando. No puedo más, solo quiero tumbarme. Me quedo en un rincón y me tumbo sobre la madera del suelo, hasta que una mano me acaricia, coge la mía y me lleva a su jergón. Me dice algo en polaco en voz bajita. Es una mujer escuálida y calva, con voz de niña y aspecto de anciana, con unos ojos casi transparentes y una mano huesuda y retorcida. Bisbisea como si estuviera rezando.

Me ponen frente a una máquina. Nadie lleva guantes ni protector de ojos ni nada. Hay mujeres con el traje de rayas, otras, como yo, con atuendos absurdos. Alguna lleva una especie de delantal que le cubre toda la parte delantera del cuerpo, con retales, posiblemente se lo han hecho ellas. Las manos vendadas con trapos. Me fijo mejor. Tienen las manos totalmente llagadas. Muchas tienen triángulo amarillo. Hay más judías que políticas. La cadena se pone en marcha. Intento orientar el líquido que sale a chorros dentro de la batería. ¿En eso va a consistir el trabajo? No es difícil. Lo difícil será estar aquí diez horas o más. ¿Habrá descanso? ¿Nos darán de comer? Todas las mujeres que veo están tan desnutridas o más que yo. Esa pobre chiquilla, cuántos años tendrá, ya no sé calcular la edad, nos parecemos todas con estos ojos desorbitados, las caras chupadas, las orejas tan separadas del cráneo, puntiagudas todas, nos diferencia el pelo las que lo tienen, el mío apenas ha empezado a crecer, si tuviera un espejo posiblemente me moriría del susto, podría haberme mirado en el cristal de la entrada de la fábrica pero he preferido mirar los hombros de la compañera que tenía delante, ay, qué ha pasado, me ha salpicado el líquido, ay, me quema, aviso a la encargada de planta, grito, necesito echar agua o algo, la compañera de al lado me grita en polaco por encima de este ruido atroz, mi batería caída sigue su rumbo en la cadena, el líquido se ha derramado, la encargada se acerca hecha una furia, le intento explicar que me he quemado con el líquido pero levanta el puño, me tumba, estoy en el suelo y alguien me arrastra de un brazo, no veo nada, la sangre no me deja ver, tengo náuseas... alguien me pone un paño mojado en la mano.

–Úsalo para cubrirte la herida. Vamos, levanta antes de que esa bestia te dé otra torta.

Es una de las mujeres con el delantal de retales. Me han apartado un par de metros de la cadena de montaje. En mi lugar hay otra mujer que, cada vez que puede, me echa una mirada.

–Pero ¿qué he hecho?

–Si no aprendes rápido no durarás ni dos días. Pase lo que te pase, te quemes lo que te quemes, no puedes parar. Hoy ha sido una torta. Otro día te mata a palos. Intenta conseguir trapos para las manos.

La bestia nos mira y se acerca. Me levanto. Me da un empujón para que vuelva a mi sitio. La mujer rellena otra batería y me deja pasar. Estoy mareada. Tengo una sed terrible. Bebo los hilillos de sangre que me bajan por la cara. Tubo-líquido-batería-tubo-líquido-batería-tubo-líquido-batería. No hay más que esto, delante de mí tubo-líquido-batería. No pienses, no recuerdes, concéntrate.

–A las que las manos ya no les sirven para nada, a las que se les dañan los ojos, a las enfermas las mandan de vuelta a Ravensbrück. Aquí no hay enfermería.

–Prefiero suicidarme.

–Es otra opción. Muchas lo hacen.

–En Ravensbrück algunas se tiraban contra una alambrada que estaba electrificada. Y luego las dejaban ahí días.

–Aquí se beben el plomo. Pero es una muerte horrible, no lo hagas.

–No puedo más, Shana.

–Habrá que poder, Maddi.

Intento despegar el trapo de mi mano izquierda. Me duele demasiado. Al moverlo me viene un olor a podrido.

–Necesitaría que me desinfectaran esto.

–Yo necesitaría un guiso de cordero.

No me molesta la ironía de Shana ni su desapego. Sé que me ha cogido aprecio durante estas semanas, desde que me salvó de la bestia: mira por mí, me busca trapos, comparte algún pedazo extra de pan que no sé dónde consigue, esa rodaja de salchichón maravillosa... pero intuyo que intuye que no voy a durar mucho aquí. Estas manos grandes y fuertes han sido mi perdición, este meñique inútil, ¿cómo puedo ser tan torpe con las malditas máquinas? Si me hubieran dando un martillo o me hubieran colocado con los hombres a cargar y descargar materiales, ahora mismo no estaría desahuciada. La infección, el plomo en la sangre, no sé, pero estoy empeorando cada día, no es solo el hambre, la sed, el cansancio. No solo, digo, como si eso no fuera bastante para hundirnos, y la suciedad, y este hacinamiento insoportable y el ruido constante si no son las máquinas son los gritos de las guardianas o de las mujeres o estos gemidos y sollozos que no cesan. En el último turno he tenido dos desmayos. Me han exprimido todo lo que me podían exprimir. He dejado de ser útil o voy a dejar de serlo pronto. Me pegan un tiro cualquier día, me mandan de vuelta al infierno, me acabo bebiendo el plomo. Esta cabeza, esta cabeza ya no me responde. Ahora sí, ahora estoy pensando bien, aquí con Shana, de vuelta en el barracón. Ahora sí, pero dentro de un rato o mañana no. Es posible que me vaya y que no vuelva a mí. Eso me asusta más que este dolor y este cansancio y esta sed.

–No puedes quedarte aquí, Maddi, levanta.
La voz de Shana. La oigo muy lejos, muy lejos.
–Vamos, Maddi, el recuento.
La polaca viejita me mira con sus ojos transparentes
a su lado está Marie
calvas las dos me dan sus manitas huesudas
yo también estoy calva
extiendo las manos
dos trapos ensangrentados
cierro los ojos
la polaca y Marie me acarician
oigo la risa de Marie Jeanne
a lo lejos
lejos
muy lejos

Tracka-track-track piiiiiiii
tracka-track-track
Louis sonríe a mi lado
Lucien en mis rodillas
tracka-track-track piiiiiiii
estamos llegando a la cima
todos sonríen
a nuestro alrededor

y por qué no iban a sonreír
hace un día precioso
las mujeres con sus vestidos blancos y sus alpargatas
limpias guapas sanas carnosas
los hombres con sus trajes de verano
fumando elegantes sus cigarrillos
tracka-track-track piiiiiiii
lo vemos todo desde aquí
todo
todo lo bello vemos
Lucien corre hacia las ovejas
imita su balido
baaaaahhhhh
Pintxo y Zuri corren tras él
nos reímos
cuánto nos reímos
todo el mundo ríe
Marie Jeanne baila
arin arin con un mozo
de mis pies brota agua de helechos
cosquillea entre mis dedos
de la boca de Louis pompas de miel
Lucien extiende su mano
mano repleta de uvas
gordas como ciruelas
nos tumbamos en la hierba
suave mullida fresca
arranco un puñadito
lo huelo
lo meto en mi boca
seco
áspero
serrín paja

ceniza
ahogo
tracka-track-track
estos cuerpos pegados este olor
otra vez no
este destrozo
este cuerpo roto
roto en pedazos minúsculos
microscópicos
cada uno con su propio dolor

abren la puerta
cuerpos sobre cuerpos
los arrastran
me arrastran
de nuevo con otros cuerpos
esto es un amasijo de cuerpos
que son goma
líquidos
viscosos
qué nuevo suplicio es este
este mar de horror

bajo tranquila hacia el pueblo
Lucien de la mano
esta manita suave
que acaricia mi palma
tengo frío
ando ligera
Lucien salta a mi lado
mi pulguita Lucien
dicen que este invierno va a nevar como nunca
pero yo no estaré aquí para verlo

paso por delante de
no está Hélène
si estuviera le preguntaría
qué pasó
si ella tuvo algo que
pero no está
no hay nadie en ningún sitio
nadie que tenga ninguna respuesta
sigo caminando tranquila
no tengo prisa
nadie me espera
nadie me espera en ninguna parte
y llego
y atravieso el pueblo
vacío
estarán todos en la iglesia
entro por la puerta del cementerio
miro las tumbas
siempre
quise
que me enterraran aquí
tumbas distinguidas de gente respetada
me paro frente al campanario
sola
a quién se le ocurriría
esta frase
en el reloj
cada hora golpea al hombre y en la última es arrojado a la tumba
es cierta
qué cierta es
aquí también
pero aquí no hay tumbas
aquí

hay
humo
cenizas
el pórtico en penumbra
en la iglesia oscuridad
hace frío
entro
sola
se giran
me miran
ríen
y yo tirito de frío
no puedo moverme
es insoportable este frío
no entiendo sus risas
que ahora son gritos
lamentos
aullidos
amasijo de cuerpos
sola entre tantas
cuencas
costillas
caderas
rodillas
cada hora golpea al hombre y en la última es arrojado a la tumba
a esta tumba
donde
no existe
Dios.

María Josefa Sansberro (Maddi) y Marie Jeanne Etcheverria. Foto cedida por Angelique Bereau.

Epílogo

Nunca sabrán, no pueden imaginarlo, por muy buenas intenciones que tengan.

JORGE SEMPRÚN,
La escritura o la vida

Las guerras pertenecen a los hombres, por eso hay memorias de guerra. Y del fascismo no hablemos, ya se haya estado en pro o en contra: asunto exclusivo de hombres. Además, las mujeres no tienen pasado. O no deben tenerlo. Es poco fino, casi indecente.

RUTH KLÜGER,
Seguir viviendo

En el espacio de una sola alma humana, todo es aún menos concebible, menos predecible que en la Historia.

SVETLANA ALEXIÉVICH,
La guerra no tiene rostro de mujer

Durante el otoño de 2021, Joxemari Mitxelena contactó conmigo para contarme una historia y entregarme un archivo. A Joxemari le conocía por un breve encuentro que mantuvimos para la grabación de un documental de EiTB sobre ETA y la violencia de persecución contra concejales. Él, como concejal de Eusko Alkartasuna en Oiartzun, había sido víctima del terror: ataques abiertos en los plenos por parte de los representantes de la entonces formación política Herri Batasuna, llamadas anónimas amenazantes, incluso llegaron a colocarle un gato negro ahorcado a la puerta de su casa, lo que en el lenguaje del momento significaba una sentencia de muerte. Joxemari, en aquella grabación que hicimos juntos para EiTB, habló del perdón y la reconciliación como ejes de la convivencia con una generosidad que dejaba ver una bondad poco común. Me conmovió su testimonio delante de las cámaras. Me horrorizó lo que me contó después, en privado: una versión de la historia de aquellos años aún más terrible y dolorosa, inconcebible si no fuera porque, como sabemos todos quienes queremos saber, lo inconcebible sucedió en nuestra tierra. Cuando Joxemari me llamó por teléfono en noviembre de 2021 y me habló de un archivo, inmediatamente pensé que se referiría a su caso o a algún otro evento relacionado con ETA, pero estaba equivocada. Comenzó a hablarme de una mujer nacida en 1895 en Oiartzun que, según las huellas que de ella quedaron en los archivos, vivió una vida y murió una muerte igualmente excepcionales. Joxemari, junto a su amiga Izarraitz Villaluce, habían dedicado los últimos años a seguir las huellas de esta mujer: María Josefa Sansberro, también conocida como María Josefa Susperregui, Madame Nicolas o simplemente Maddi (pronunciado Mayi). Habían visitado archivos parroquiales y civiles, tanto en Oiartzun y los pueblos circundantes como en el otro lado de la muga, desde Sara hasta Ziburu, y buceado en los archivos digitales relativos a la Resistencia, la deportación y los campos de concentración nazis. Habían entrevistado a más de una docena de personas que habían conocido, de primera o segunda mano, a Maddi, a su prima Marie Jeanne Etcheverria, a su segundo marido Louis Nicolas o a ese hijo reconocido tardíamente, Lucien Cyrin Nicolas. Los principales testimonios fueron los de dos hermanos vecinos del Hotel Col de San Ignace, Frantxiska y Jean Baptiste Zubelzu; Andde Luberriaga, alcalde de Askain y compañero de colegio de Lucien Cyrin y su mujer Marta; y Angelique Bereau, nieta de Marie Jeanne Etcheverria, a quien siempre agradeceré que nos haya cedido la fotografía de su abuela con Maddi. Marie Jeanne sobrevivió a la deportación y, pese a las graves secuelas físicas, consiguió, después de muchos intentos, quedarse embarazada y tener una hija.

En 2018, Izarraitz y Joxemari publicaron en la revista anual de Oiartzun parte de los hallazgos que hasta la fecha habían hecho sobre la vida de Maddi, pero no quisieron detenerse ahí; siguieron indagando, recabando nueva información, elaborando hipótesis. Cuando consideraron agotada la investigación, decidieron entregar todo su conocimiento a una tercera persona, alguien con capacidad de contar y hacer pública la historia de Maddi. Para mi sorpresa y emoción, pensaron en mí como la persona indicada para hacerlo.

El archivo de Maddi es voluminoso, contamos con cientos de documentos, aunque mucha información es redundante, otra es errónea. Los apellidos de Maddi han confundido algunas interpretaciones. Su padre, Lucio Susperregui, fue un niño adoptado por la familia Sansberro en Oiartzun. A Maddi la bautizaron en Oiartzun como Sansberro, pero la familia no renunció al apellido Susperregui. En su vida en Iparralde, a donde se mudarán cuando Maddi apenas tiene cuatro años,

Sansberro desaparece de algunos documentos y en otros aparece Susperregui, como en el registro civil del primer matrimonio de Maddi o en todos los papeles relacionados con su divorcio. Para colmo, Maddi cambia de apellido con cada matrimonio (Perul el primero, Nicolas el segundo). Estos detalles, que Joxemari e Izarraitz esclarecieron rastreando como sabuesos en los archivos y visitando las casas parroquiales, no serían importantes si no hubieran causado buenos quebraderos de cabeza y errores de identificación e interpretación. Podemos resumir la vida de Maddi a través de los documentos religiosos y civiles y nos llevaría unas pocas páginas, pero lo que nos fascina (en este plural incluyo a Joxemari e Izarraitz) es todo aquello que ese archivo sugiere sobre su vida. La documentación nos revela a una mujer poco común para su época, que toma decisiones vitales a contracorriente, arriesgadas, incluso alguna escandalosa y desafiante. Los datos nos invitan a imaginarla, a rellenar las incógnitas, los silencios, el mundo objetivo y subjetivo que la rodea, sus motivaciones e intereses, sus miedos, sus dolores. Intuimos en ella pasión por la vida y valentía, tozudez e integridad, fortaleza, ambición. Completamos los documentos de atributos que no se hacen explícitos en ellos. Nos trasladamos, irremediablemente, al terreno de la ficción. Cada dato del archivo tiene su misterio y con cada misterio vuela la imaginación. La verdadera Maddi/María Josefa Sansberro/Perul/Susperregui/Madame Nicolas, nunca sabremos cómo fue. Maddi, esta Maddi mía, es una ficción construida a través del archivo, la intuición, la imaginación, muchas lecturas y horas de reflexión, y los testimonios de quienes la conocieron siendo niños o supieron de ella por familiares cercanos, testimonios que han reproducido para mí Joxemari e Izarraitz con entusiasmo y paciencia. Todo ello constituye las mimbres del texto que acabas de leer.

Desde esa subjetividad inventada, conocemos también a otros personajes que fueron en su día personas de carne y hueso: Marie Jeanne Etcheverria, Louis Nicolas, Lucien Cyrin Nicolas, el padre Bordes y Joseph Barrenetche. Los dos últimos, como Maddi, murieron en la deportación.

Gracias a la generosidad y confianza que pusieron en mí Izarraitz y Joxemari, he tenido libertad para contar la historia de Maddi como he considerado oportuno. Cuando comencé a adentrarme en su vida la tentación de escribir una novela fue muy fuerte. A través de la construcción novelesca podría revelar lo que ocultaba el silencio, hacerlo según la lógica y la subjetividad que yo crearía para el personaje. Ya no hablaríamos de unir el puzle del archivo e intentar rellenar sus huecos, sino de otro proceso muy diferente: dar vida a Maddi dejando a la imaginación ejercer su poder sobre la historia y la representación. Al principio me autocensuré. Me daba miedo faltar a la memoria de Maddi, a la confianza que Izarraitz y Joxemari habían puesto en mí, me incomodaba la idea de proyectar sobre ella mis deseos y fantasías, difuminar la línea que separa la evidencia histórica de la ficción. Ordenaba los documentos, los revisaba una y otra vez, hacía esquemas, resúmenes, escuchaba las voces grabadas de Joxemari e Izarraitz narrando anécdotas de los testigos que conocieron o supieron de Maddi, la contextualizaba en su época, historizaba pensando lo posible y lo no posible, leía, leía constantemente (monografías históricas sobre la Europa de entreguerras, sobre el nazismo y la ocupación de Francia, testimonios de los campos de concentración, memorias de la Resistencia), llevaba una vida paralela que transcurría entre septiembre de 1895 y noviembre de 1944. Interpretar, buscar sentido, imaginar. Imaginaba mucho porque lo no dicho, lo no explícito, el silencio, pide siempre imaginación. Y durante este proceso la voz de Maddi –su voz imaginada, por supuesto– empezó a crecer dentro de mí. Resonaba con cada documento, resonaba cuando visité los lugares que ella habitó, se rebelaba contra la distancia con la que me estaba empeñando en escribir su historia. Después de meses resistiéndome a esa voz, me rendí ante ella y me dejé llevar, más como experimento que como proyecto. Entonces me di cuenta de que la única manera de acercarme a la verdad de su historia era acometiendo el ejercicio de empatía más radical: intentar ponerme absolutamente en su lugar, a pesar de saber que sería imposible conseguirlo. La decisión de apropiarme de la voz de Maddi ha sido para mí inevitable, pero ello no significa que no sea consciente de lo problemático de esa decisión. Durante todo el tiempo que he invertido en este proyecto no he dejado de pensar en las implicaciones éticas de escribir un libro como este, no he dejado de preguntarme qué significa interpretar una vida a partir de unos documentos, inventar la voz de una persona que fue real, que tuvo su propia voz; qué derecho tengo yo a hacerlo; por qué lo hago, para qué, cuál es mi intención; cómo me aproximo a su cárcel y tortura, a la experiencia terrible de deportación, a las vivencias en los campos; cómo narrar su muerte despojada; qué fronteras estoy dispuesta a cruzar en la representación de todo ello. Las respuestas a estas preguntas están implícitas en el texto, en cómo desarrollo la voz de Maddi. Aun así, considero que hay respuestas explícitas posibles y que necesitan una reflexión teórica en profundidad, algo que no se ajusta a los contornos de este proyecto y que queda por desarrollar en otro espacio. Pero sí me gustaría dejar aquí unos apuntes sobre esta cuestión, íntimamente relacionada con la ética de la imaginación y con la política de la memoria.

El punto de partida de la imaginación es la necesidad de completar eso que falta. Por ejemplo: un documento nos dice que un niño nace en el hotel del collado de San Ignacio el 23 de mayo de 1930, sin mencionar padre ni madre; otro que Louis Nicolas reconoce a ese niño el 23 de diciembre de 1930; otro que María Josefa Sansberro hace lo mismo el 14 de enero de 1938; otro que María Josefa Sansberro se casa con Louis Nicolas el 26 de enero de 1938. No sabemos nada más. No tenemos testigos de primera mano, ni siquiera secundarios, ni siquiera rumores sobre la procedencia de ese niño, el por qué de su reconocimiento tardío por parte de Maddi. Si ejerciera de historiadora me sería muy difícil crear una narrativa explicativa de estos cuatro documentos, tendría que recurrir a la hipótesis, que no es otra cosa que una forma de imaginación histórica. Aunque estudié historia, nunca me he considerado historiadora, tal vez porque el conocimiento del pasado me regala demasiadas posibilidades imaginativas. Imaginar es desarrollar mis intuiciones con libertad, mirar con otros ojos (los que ven más allá y más adentro, los que revelan cosas que mis ojos externos no ven), ir a otro plano de conocimiento más fluido y al mismo tiempo más denso, donde ocurren iluminaciones inesperadas, donde lo aprendido y por aprender se entremezcla, donde crece la empatía y me lleva a lugares insospechados. Pero imaginar también es destruir porque al elegir narrar a Maddi de una manera, desecho a otras Maddis posibles. Imaginar es dar vida pero también dar muerte a otras oportunidades interpretativas. Me abruma pensar en ello, saber que, por muchas buenas intenciones que haya tenido, no habré conseguido reflejar la verdad y la complejidad de su existencia. ¿Por qué hacerlo, entonces? Porque imaginar a Maddi es un acto político, es celebrar su paso por este mundo, es insuflar con vida las palabras del archivo y de los testigos ya desaparecidos, es dar a esas palabras rostro, voz, subjetividad y cuerpo, es construir un lugar hospitalario donde pueda reposar su memoria: concibo este libro como la tumba que sus asesinos le negaron. He querido contar, hacer aparecer, todo lo que no sé de su vida y su muerte, todo lo que sus exterminadores desaparecieron al desaparecerla. Lo hago también en memoria de ese hijo, Lucien Cyrin, que falleció en 2008 y de quien sabemos que fue detenido, posiblemente en 1943 y por un breve periodo de tiempo, por actividades asociadas a la Resistencia. En 1948 Lucien, siendo todavía un adolescente, se embarcó en la tarea de reivindicar la labor de su madre en la Resistencia y de averiguar todo lo posible sobre su detención, deportación y muerte. Queda constancia del tesón de su búsqueda en la fecha que consta en los documentos expedidos por petición suya, que llegan, por lo menos, hasta 1956. Gracias a su insistencia, se lleva a cabo una investigación que reconstruye parcialmente las actividades de Maddi para la Resistencia: se la reconoce como «deportada resistente» y «muerta por la patria», también se le otorga a título póstumo el grado de subteniente y agente P2 que, en la jerarquía del Ejército de la Francia Combatiente, indica el mayor grado de compromiso. Se hace constar su valor con una medalla de reconocimiento a los servicios prestados y una carta de agradecimiento del presidente estadounidense Dwight Eisenhower. También se establece su recorrido como detenida por la Gestapo a causa de una delación, interrogada en el cuartel de Hendaya, trasladada a Fort du Hâ en Burdeos, deportada en el conocido como «tren fantasma», uno de los últimos que salió de Francia tras el desembarco de Normandía y cuyas peripecias son tan demenciales y trágicas que desbordan la imaginación. Tenemos constancia de su registro en Dachau, su traslado a Ravensbrück, su paso por la fábrica de baterías Petrix, su breve retorno a Ravensbrück y su muerte y desaparición en Sachsenhausen. Todo ello lo sabemos, en buena medida, gracias a las indagaciones de Lucien, que quedaron registradas en el archivo de la Resistencia que ahora alberga el Castillo de Vincennes.

Imaginar a Maddi es también una forma de activar una memoria antifascista en estos tiempos en los que resuenan ecos del pasado que ella habitó. Escribir y, sobre todo, publicar, es tomar postura y partido. Con Maddi reivindico su vida y también la vida de tantas mujeres cuya voz hemos perdido en los anales de la historia –la historia de la guerra, la historia del antifascismo–, registros en los que ellas han desaparecido o han quedado relegadas a segundo plano. En esta reivindicación de su vida no he querido convertir a Maddi en heroína, tampoco en una mujer consciente del feminismo. Maddi fue excepcional, entre otros motivos, porque tomó decisiones que no solo no correspondían a su género, tampoco a su clase ni educación. Y esas decisiones seguro que albergaron muchas contradicciones, como la de ser católica practicante y divorciada. No he construido una Maddi militante porque todo me indica que no lo fue, pero sí valiente y capaz de posicionarse con los más vulnerables. Imaginando a Maddi han resonado en mí muchas voces, entre otras las de mi abuela, nacida poco después que ella. Sus vidas no se parecieron, pero intuyo que su carácter sí: mujeres de una fortaleza insospechada, obstinadas, duras, exigentes que, detrás de la coraza de su mal genio, escondían una fragilidad que las hacía sentirse vulnerables y por eso la ocultaban. Creyentes pero no beatas, conservadoras pero no sumisas. También han resonado en mí las voces de mujeres que sobrevivieron al terror nazi y que dejaron constancia de ello, mujeres con un grado de conciencia política, educación y capacidad expresiva cuyo sentido de la experiencia fue posiblemente muy diferente al de Maddi, pero cuyas palabras nos han guiado por el infierno de la deportación hasta la muerte en Sachsenhausen. Charlotte Delbo, Ruth Klüger, Geneviève de Gaulle, Germaine Tillion, Virginia d'Albert-Lake, Agnès Humbert, Neus Català, Margarete Buber-Neumann, los testimonios orales y los dibujos de internas que recoge Jack Morris en su estudio exhaustivo sobre Ravensbrück. Y también de fondo las palabras de Primo Levi, Jorge Semprún, Jean Amèry, los rostros y las voces que recoge Claude Lazmann en *Shoá*. Los testimonios que me han acompañado se escribieron con la esperanza de encontrar un interlocutor en el que fijar la memoria del sufrimiento, también de la resistencia. Cada uno de ellos dejó un poso en mí, me transformó y, desde ese yo marcado por la experiencia y el sufrimiento de otras, he intentado reflejar los últimos meses de la vida de Maddi: he querido imaginar su dolor y su miedo, la pérdida de su fe ante la evidencia del abandono y la injusticia, su impotencia ante la magnitud de la desgracia, su fortaleza y su inevitable fragilidad. Lo he hecho sabiendo que, como sentenció Semprún, las buenas intenciones no bastan para imaginar la experiencia concentracionaria y que solo Maddi podría hablarnos de su sufrimiento y su muerte. Y aun así, creo que es preciso intentar acercarnos a la experiencia desde este presente en el que, insisto, reverberan ecos de la barbarie. Porque aquello que sufrieron mujeres y hombres como Maddi en los campos de concentración y de exterminio no fue producto de un mal abstracto o de una monstruosidad radical sino el resultado de una planificación sosegada y a largo plazo, de una escalada prevista y controlada de violencia, de una serie de políticas y decisiones de la que fueron cómplices –en mayor o menor grado, por acción o por omisión– millones de ciudadanos europeos (no solo alemanes, como ha demostrado la historiografía que ha estudiado el colaboracionismo en los países ocupados y en los supuestamente neutrales, léase España). Esta Europa que hoy se tambalea es bisnieta de aquella arrasada por la guerra y, como muestra Géraldine Schwarz en su libro *Los amnésicos*, los países que peor han gestionado su historia y su relación con el nazismo y el colaboracionismo muestran ahora actitudes neofascistas o posfascistas o como queramos llamar a esas políticas de la violencia y la exclusión. Con la entrada de De Gaulle en París, Francia se transformó de colaboracionista a resistente. Pronto comenzó el mito de la Resistencia que sirvió para esconder vergüenzas y permitir que muchos colaboracionistas continuaran en el ejercicio del poder político, económico y judicial. Como en tantas sociedades que se avergüenzan de un comportamiento colectivo –y pienso aquí también en la historia reciente de Euskal Herria– se buscan narrativas que ofrezcan una versión tranquilizadora. Pero como Maddi hubo pocas personas, muchas menos que cómplices activos o silenciosos, posiblemente también muchas menos que chivatos como el que la denunció. En una de nuestras largas conversaciones, Joxemari me contó una anécdota significativa a este respecto. Una de las grandes aficiones de Joxemari es la pelota vasca: fue pelotari profesional durante unos años, ha seguido practicando el deporte y ha estudiado en profundidad su historia y desarrollo en territorios vascos y más allá. Un día Joxemari queda con un pelotari de Iparralde para hablar sobre el juego, pero da la casualidad de que el pelotari vascofrancés es también funcionario de uno de los ayuntamientos de la zona en la que desarrolló Maddi sus actividades. Una conversación lleva a la otra y el caso es que Joxemari acompaña al pelotari al desván del ayuntamiento. Como buen desván de edificio público, en él se mezclan viejos muebles, máquinas de escribir o lámparas antiguas con cajas de cartón y archivadores de metal polvorientos. El aire, nos podemos imaginar, es denso y húmedo. El viejo suelo de madera cruje y cede un poco bajo el peso de los dos hombres. En un rincón del desván hay un viejo saco de tela de grandes dimensiones. A Joxemari le llega casi a la cadera. El pelotari desata el nudo y sin pronunciar palabra, invita a Joxemari a meter la mano y extraer un puñado de fichas amarillas. Algunas de las fichas tienen fotografías en blanco y negro, otras no. Ante la mirada confundida de Joxemari, el pelotari le explica que ese saco lleva en el desván desde el final de la guerra. En él se encuentran las fichas de cada uno de los habitantes de ese pueblo durante la ocupación nazi. Es el fichero de la Gestapo. Cada habitante del pueblo es clasificado según nombre, apellido, dirección, profesión, tendencia política, tendencia religiosa y su relación con el Reich. A Joxemari le llama la atención un nombre que no comparte conmigo. Es de un hombre que participó en la Resistencia y que cobró durante el resto de su vida la pensión como «resistente» por su servicio a la patria. Pero dos palabras revelan una realidad oculta hasta entonces: «gran colaborador», dice la ficha de la Gestapo. Ese señor gran colaborador ya no vive, pero sí sus hijos, sus nietos. El dilema del funcionario es si dejar el saco de los secretos en el desván del ayuntamiento o abrirlo al escrutinio público. Parece que poco tiempo después de la conversación con Joxemari, ordenaron y guardaron todas las fichas en un archivo a la espera de que pasen un par de generaciones más. Y mientras tanto, sigue el mito de la Francia Resistente y la ultraderecha roza con la mano el poder.

El pasado es presente y viceversa. Solo hace falta cepillar la historia a contrapelo, que diría Walter Benjamin, para que nuestro presente se llene de historias no narradas, que están aquí, ante nosotras, con toda su complejidad y su riqueza.

Solo les falta el aliento cálido de la imaginación, la palabra que nombra y ordena, el cobijo de un espacio hospitalario, para darles vida. Contemplo a Maddi y a Marie Jeanne felices y despreocupadas, acompañadas de ese cachorrillo tan simpático que he querido llamar Zuri, en un tiempo anterior a la tragedia. Me sonreís y yo a vosotras, extiendo la mano y acaricio yo también a Zuri. Os pido disculpas, por si acaso he escrito algo que no os haya gustado, y soy yo quien os saca la foto, quien os fijo en este libro al que ahora pongo punto y final.